Claudia Neudörfer

Der Bahnwärter

Über die Autorin:

Claudia Neudörfer wurde 1982 in Baden-Baden geboren und lebt in Niederbühl. Sie veröffentlichte bereits Kinder, Jugend und Kurzgeschichtenbücher. Sie arbeitet in ihrer eigenen Buchhandlung in Rastatt und setzt sich für Kleinverlage und Selbstverleger ein.

Widmung:

Für meine Eltern

Kapitel 1

Zitternd stand ich auf den Gleisen, die rechts und links von Weizen und Maisfeldern gesäumt waren und wartete auf einen Zug. Lange hatte ich mir überlegt, wie das Problem zu lösen sein könnte, aber ich sah einfach keinen anderen Ausweg mehr.

So machte ich mich, als es bereits dunkel wurde, auf den Weg zu den Bahngleisen, die unweit von meinem Elternhaus verliefen. Den ersten Zug hatte ich voller Angst an mir vorbei rasen lassen. Dieses Ungetüm aus blankem Stahl hatte mir einen höllischen Schrecken eingejagt, als es nur wenige Meter entfernt von mir vorbei gedonnert war. Nun hatte ich mich voller Ungeduld auf die Schienen gesetzt und nahm mir vor, beim nächsten Zug nicht zu zögern und meine Chance zu nutzen.

Kurz darauf fingen die Gleise unter mir an zu vibrieren. Ein Brummen, das immer lauter wurde, zeigte mir an, dass es nun so weit war. Schon tauchte die Bahn in meinem Blickfeld auf und näherte sich mit einer rasenden Geschwindigkeit. Eilig stand ich auf und postierte mich auf den Schienen.

Der Zug war nur noch circa fünfzig Meter entfernt, da tauchte plötzlich eine Gestalt neben mir auf, legte eine Hand auf meine Schulter und zog mich beherzt von den Gleisen herunter. Der Fremde trug einen schwarzen Mantel, eine Kapuze verhüllte sein Gesicht. Mir war klar, dass ich IHN gefunden hatte.

Viele Wochen war ich täglich die Schienen auf und ab gegangen, hatte an der Tür des Bahnwärterhäuschens gerüttelt und nichts war geschehen. Das kratzte natürlich sehr an meiner Reporterehre, denn es gab keine Geschichte, die „Nina Reutling" noch nicht aufgedeckt hatte.

Unser Dorf war nichts Besonderes und außer ein paar Feldern, auf denen seit Jahrhunderten Meerrettich angepflanzt wurde, hatte dieser Ort nichts Erwähnenswertes zu bieten.

Na ja, bis auf die große Beliebtheit der nahegelegenen Bahnstrecke bei Selbstmördern. Das war zumindest früher so gewesen, denn laut meiner Recherchen war die Zahl der Todesfälle innerhalb der letzten fünf Jahre fast auf null gesunken. Um die Ursache dieses Phänomens rankten sich die wildesten Gerüchte. Die meisten berichteten von einem wundersamen Mann im Bahnwärterhaus, der es sich nicht nur zur Aufgabe gemacht hatte, die Schranke und die Weichen zu kontrollieren, sondern auch ein Schutzengel für die Lebensmüden zu sein schien.

Keiner konnte so recht beschreiben, wie dieser „Lebensretter" genau aussah und vor allem nicht, warum er das tat, was er tat.

Seit letztem Jahr arbeitete ich als Volontärin bei der Redaktion des „Dorfblattes" und war täglich auf der Jagd nach neuen, sensationellen Geschichten. Und diese Geschichte hier schien mir mehr als interessant zu sein.

Nach wochenlanger, ergebnisloser Suche hatte ich nun nur noch die glorreiche Idee, dass ich mich wohl selbst auf die Gleise stellen musste, wenn ich den mysteriösen „Schutzengel" treffen wollte. Und jetzt hatte ich es tatsächlich gewagt. Mit Erfolg, wie es schien.

Die verhüllte Gestalt lies mich nun los und schob mich schweigend vor sich her, bis wir kurz darauf vor dem Bahnwärterhaus standen. Er öffnete die Türe und ich setzte vorsichtig einen Fuß über die knarrende Schwelle.

Zwei Monate zuvor:

„Rüdiger, bitte nicht schon wieder der Kleintierzuchtverein! Kann das nicht mal der Hermann übernehmen? Der mag doch die Hasen viel lieber als ich!"

Ich setzte einen bettelnden Blick auf und strich spielerisch eine Haarsträhne hinter mein Ohr.

Diese Aktion, die ich mir bei meiner attraktiven Kollegin Tamara abgeschaut hatte, blieb leider wirkungslos. Eigentlich hätte ich selbst wissen müssen, dass eine kaum 1,60 m kleine, unscheinbare, graue Maus, die ich nun mal war, bei den Männern kein Interesse hervor rief.

„Solange Du mir nichts Besseres als die schlechte Ernte der Erdbeerplantage bringst, kannst Du dich darauf einstellen, deine nächsten Wochenenden mit den Langohren zu verbringen. Und jetzt raus aus meinem Büro!“, schepperte mein Boss und wies mit seinem speckigen Zeigefinger auf die Türe zum Flur.

Nicht ohne meinen Unmut durch ein lautes Seufzen zu äußern, steuerte ich den Weg zum Ausgang an und warf dann doch viel zu leise die Türe ins Schloss.
Mein Kollege Herrmann hätte sich das sicher nicht gefallen lassen und nicht so leicht kleinbeigegeben, aber ich war eben nicht Herrmann und auf diesen Job angewiesen.

Sicher, das Gehalt war nicht gerade hoch und meine Eltern wünschten sich, dass ihre Tochter endlich einen sicheren Job ergreifen würde und somit nicht mehr über ihrer Garage hausen musste. Nicht zu vergessen, wünschten sie sich ebenfalls mindestens zwei Enkelkinder, also von mir. Was soll ich sagen, die Chancen für Letzteres standen noch viel schlechter als die Chancen auf eine Beförderung.

Nun galt es also ein spannendes Thema zu finden, dass meinen Chef von den Socken riss und ihn endlich davon überzeugen würde, mir eine Festanstellung in der Redaktion zu geben.

Aber was für ein Thema sollte das sein? Ich lebte in einem kleinen Dorf, in dem nicht viel passierte.

Da waren das alljährliche Meerrettich-Fest und der Adventsbasar der katholischen Kirche -schon klare Highlights für unsere kleine Dorfzeitung. Ich weiß, es muss barbarisch klingen, aber ich sehnte mich nach einem kleinen Verkehrschaos - natürlich nur mit Blechschäden, -oder einem winzigen Tornado, der nur knapp unser Dorf verfehlte. Das wäre sicher eine Schlagzeile wert, das müsste selbst Rüdiger zugeben.
Grübelnd hielt ich mein Kinn zwischen zwei Fingern, während ich auf meinem Bürostuhl Platz nahm und nervös mit der Lehne wippte.

„Was ist los Nina, suchst Du mal wieder eine „Top-Story?“, lästerte Tamara und klapperte mit ihren langen Fingernägeln auf der Computer-Tastatur.

Mir stellten sich die Nackenhaare auf und ich drehte Tamara den Rücken zu.

Sie konnte nichts dafür, dass sie der Liebling aller war, aber ich konnte sie trotzdem nicht leiden mit ihrem adretten Hosenanzug, den langen, dunkelblonden Haaren und den perfekt manikürten Fingernägeln, die zum Tippen eigentlich viel zu lang waren.

Sie war eine Frau, die es in unserer Zeitung schon zur Chefsekretärin gebracht und zudem drei Kinder vorzuweisen hatte. Nicht zu vergessen einen Ehemann, der zu Hause blieb, sich um die Kleinen kümmerte und dafür sorgte, dass das Haus immer tip-top aussah.

„So bringt man Karriere und Familie unter einen Hut", sagte mein Vater Norbert immer, wenn es um Tamara ging. Und meine Mutter Thea seufzte dann mit einem Blick zu mir: „Kannst Du nicht ein bisschen wie Tamara sein?"

Nein, kann ich nicht und will ich auch nicht! Meine Wut stieg mir schon wieder bis zur Kehle, weshalb ich mich entschloss, meine „Top-Story" draußen vor der Türe zu suchen. Eine gute Idee, fand ich. Schließlich spielte sich das Leben nicht hier am Schreibtisch, sondern dort draußen ab. Ich schnappte meine alte Jeansjacke und verließ eilig das Büro.

Mal sehen was die Bürger unseres Dorfes so interessierte und über wen heute wieder gesprochen wurde.

Ich schaute beim Bäcker vorbei, der eigentlich eine sehr gute Anlaufstelle für den neuesten Tratsch war. Aber es war nur ein einzelner, kaffeeschlürfender, älterer Herr dort und die Inhaberin war nicht in Klatschlaune.

Bei der Bank drückte ich mich einige Minuten herum und tat so, als ob ich meine Kontoauszüge studieren würde, bis mich einer der Bankangestellten freundlich, aber bestimmt des Raumes verwies. Scheinbar hatten sich ein paar Kunden beschwert, denen ich zu sehr auf die Pelle gerückt war. Zugegeben eine Bank war nicht der geeignete Platz für Recherche.

Frustriert nahm ich die Stufen zum Dorf-Friseur und setzte mich leicht ermattet auf das Sofa im Empfangsbereich. „Hallo Nina, hast Du einen Termin?", wurde ich kurz darauf von meiner Friseurin Elvira aus meiner Lethargie gerissen. „Äh, nein, ich wollte nur ein bisschen hören …," begann ich. „Kein Problem, ich kann dich zwischenrein schieben. Deine Spitzen sollten wirklich mal wieder dringend nachgeschnitten werden, so kannst du dich ja nicht mehr unter die Leute trauen. Bin gleich bei Dir", bestimmte Elvira.

Leicht beleidigt strich ich durch meine Haare, beschloss aber dieses Angebot anzunehmen. Nicht weil ich so wild auf einen neuen Haarschnitt war, sondern weil es sich zwischen den anderen Damen so am besten unauffällig recherchieren ließe. Man kann es glauben, oder nicht, bei diesem Friseur wurden noch feinsäuberlich Männchen und Weibchen getrennt.

Ich nahm in einem Frisierstuhl Platz und lauschte Geschichten von Oma Erna und Beate, die sich immer auf den Enkelbesuch freuten, aber noch mehr, wenn dieser überstanden war. Opa Kalle schimpfte über die lange Wartezeit beim Hausarzt und den Hundehaufen vor seiner Tür.

Ich bemerkte eine Teenagertochter, die sich die Haare von braun auf weiß färben ließ, das soll anscheinend jetzt modern sein. Die anderen Damen waren da, um sich die weißen Haare braun färben zu lassen. Belanglose Gespräche über Hauskatzen oder eine zu hohe Hecke des Nachbarn, wechselten sich ab mit Erzählungen über Hochzeiten und Beerdigungen.

Ich wollte gerade wieder ohne Haarschnitt von meinem Platz aufstehen, da diese Art der Recherche scheinbar auch nicht von Erfolg gekrönt war, da warf mir Elvira einen Friseurumhang um die Schultern und begann mir die Haare zu waschen. Während sie das Shampoo in meine Kopfhaut einmassierte, ergoss sich ein weiterer Schwall von unbrauchbaren Gesprächen in mein Ohr. Irgendwann schaltete ich auf Durchzug und wartete nur noch ungeduldig auf das Ende der Haarwäsche.

Endlich beendete Elvira ihr Werk und warf mir ein Handtuch über den Kopf. „Bin gleich wieder da", flötete sie und verschwand im Nebenraum.

Aus dem Augenwinkel beobachtete ich eine Frau um die Fünfzig, die sich leise mit Ihrer Friseurin unterhielt und dabei mit den Tränen kämpfte. Es war meine Nachbarin Frau Rischke, die gegenüber wohnte.

Als sie nach dem Farbeauftragen unter die Trockenhaube geschoben wurde, konnte ich nicht anders als sie anzusprechen. „Ist alles in Ordnung bei Ihnen?", fragte ich vorsichtig.

Die Frau schniefte in ein Taschentuch und schaute dann leicht lächelnd zu mir. „Ja, es geht mir gut. Es sind nur Tränen der Erleichterung“, erklärte sie.

„Der Erleichterung, da bin ich ja erleichtert … ich meine ich bin froh, dass es nichts Ernstes ist. Darf ich fragen, was passiert ist?“, fragte ich vorsichtig.

„Es geht um meinen Mann. Es ging ihm sehr schlecht. Er verging schon seit Monaten in einer Melancholie und hatte nicht mal mehr Lust morgens aufzustehen. Er war schon länger krankgeschrieben und lag nur noch auf dem Sofa herum. Nichts konnte ihn aufheitern.“

Ich nickte mit meinem einfühlsamsten Blick, den ich bieten konnte.

„Irgendwann sprach er von Selbstmord und dass er keinen Sinn mehr in seinem Leben sehen würde. Ich habe ihn nicht ernst genommen, ich war ja auch immer mit den Kindern beschäftigt. Verstehen Sie?“, fragte sie ängstlich und ich nickte abermals.

„Vor einer Woche war er plötzlich verschwunden. Er hatte einen Zettel auf den Küchentisch gelegt - „Bin im Wald spazieren“. Da war ich wirklich erschrocken! Der ist doch schon seit Monaten nicht mehr spazieren gegangen, schon gar nicht im Wald, dachte ich alarmiert.“ Wieder fasste die Frau nach dem Taschentuch und schnäuzte sich geräuschvoll.

Ich fiel fast vor Spannung von meinem Stuhl und bemerkte nicht, dass ich so gestrampelt hatte, dass das Handtuch verrutscht war und ich mit meinen nassen Haaren den Boden vollgetropft hatte. „Und dann?"

„Als die Dunkelheit anbrach wurde ich immer ängstlicher, aber ich konnte die Kinder doch nicht zu Hause alleine lassen, geschweige denn mit ihnen im Wald nach ihrem Vater suchen."

„Und?", fragte ich wieder und verursachte bei meinem Gegenüber einen irritierten Blick.

„Ich weiß nicht genau. Er kam nach zwei Stunden wieder nach Hause. Voller Gestrüpp und er roch nach Pfefferminz, aber sonst wohl behalten und voller neuer Hoffnung."

„Hat er gesagt, was vorgefallen ist?", hakte ich wieder nach.

„Er hat nur sehr wenig erzählt. Er meinte er hätte auf den Bahngleisen gestanden und sich vor einen Zug werfen wollen und dann sei eine Gestalt vor ihm erschienen, in einem dunklen Gewand und einer Kapuze, die ihn davon abhielt sich das Leben zu nehmen."

„Eine Gestalt, im Wald? Wer war diese Person?", ich sprang von meinem Platz auf und das Handtuch landete dabei auf dem Boden. Meine Nachbarin schaute verwundert auf mich und auf die Pfütze unter mir. Ich drängte sie mit meinen Augen zu einer Antwort. Mein Blick schien derart intensiv zu sein, dass sie von der Pfütze abließ und sich wieder dem Gespräch zuwandte.

„Ich weiß es nicht, mein Mann hat ihn nicht erkannt. Aber er ist wie neu geboren. Er spielt wieder mir den Kindern, geht arbeiten und hilft ehrenamtlich beim Seniorentreff. Ist das nicht wunderbar?“, setzte die Frau nun ein Lächeln auf.

„Wissen Sie, wo ihr Mann diesen „Retter in der Not“ genau getroffen hat?“, löcherte ich die Dame weiter, während ich das Handtuch vom Boden aufhob.

„Im Wald, bei dem alten Bahnwärterhaus“, antwortete sie.

Ich wand mich zum Gehen und steuerte schnellen Schrittes den Ausgang an.

„Aber ich weiß nicht, ob mein Mann nicht einfach nur zu viel getrunken hat an dem Abend“, rief mir die Frau noch hinterher.

Beim Hinausgehen stieß ich fast mit Elvira zusammen. „Wo gehst Du denn hin?“, fragte sie erschrocken.

„Muss weg!“, erklärte ich und schloss die Türe von außen.

„Aber deine Haare sind doch noch ganz nass“, rief mir Elvira hinterher. Kopfschüttelnd holte sie einen Schrubber hinter der Türe hervor, um meine Wasserspur aufzuwischen und ließ mich ziehen.

Zwischenzeitlich drehte sich das Gedankenkarussell wie wild in meinem Kopf. War diese Quelle wirklich seriös, gab es noch mehr solcher Beobachtungen? Oder redeten wir hier von einem Ehemann, der einen zu viel im Tee gehabt hatte? Oder einem Mythos wie „Big Foot", „Nessie" oder dem „Yeti"? Es war meine Aufgabe das herauszufinden.

Kapitel 2

Meine Haare waren kaum getrocknet, als ich mich auf die Suche nach dem von Frau Rischke beschriebenen „Retter" machte. Als Journalistin durfte man sich nicht nur auf Zeugenaussagen verlassen, sondern musste selbst Einsatz zeigen. Und das tat ich. Ächzend krabbelte ich auf allen Vieren durchs Unterholz im angrenzenden Wald. Als ich das Gelände um das alte Bahnwärterhaus absuchte, hatte ich auf dem höchsten Punkt eines Hügels die Balance verloren und war wie eine Kugel den Abhang hinuntergerollt. Eine verdammt große Kugel. Ich rappelte mich unter Schmerzen wieder auf und versuchte, meine Kleidung notdürftig zu säubern, in dem ich sie von oben bis unten abklopfte, was nur sehr wenig nutzte. In meinen Haaren steckten ein paar kleine Äste mit Tannenzapfen und Harz verklebte meinen Pony.

Ich war schon seit mehreren Wochen immer wieder auf der Suche nach dem „Bahnwärter", gewesen, ohne Erfolg. Keiner wollte diesen Mann bisher gesehen haben. Auch die Recherche am Schreibtisch hatte nicht den erhofften

Durchbruch gebracht. Immerhin hatte ich noch vier weitere Personen gefunden, die von diesem Schutzengel an den Gleisen gehört hatten. Wahrhaftig getroffen hatte ihn natürlich niemand, alles nur Gerüchte. Wer würde auch von einem vereitelten Selbstmordversuch durch den Bahnwärter reden wollen, wenn er ihn selbst unternommen hatte. Natürlich keiner. Ich musste tiefer graben.

Bis jetzt hatte ich meinem Chef Rüdiger nur spärlich von meiner Suche nach dem Bahnwärter erzählt. Mit einer zerrissenen Hose, aufgeschrammten Ellenbogen und kleinen Ästen im Haar schlich ich mich etwas verspätet an diesem Mittag ins Büro. Ich war der Meinung, mich und mein verspätetes Erscheinen hätte niemand bemerkt, bis Tamara vor mir stand und mir mit einem zufriedenen Lächeln mitteilte, dass der Chef mich sehen wolle. Spöttisch kichernd über mein Auftreten verschwand sie im Pausenraum.

Ich betrat sogleich Rüdigers Büro und stand wie ein schuldbewusstes Schulmädchen vor ihm, bis er endlich sein enormes Doppelkinn hob und mich ausdruckslos anschaute. Er holte tief Luft, was seine Kinne erzittern ließ.

„Nina, …“, begann er.

„Rüdiger, ich bin da an einer ganz großen Sache dran. Ich brauche nur noch ein paar Wochen für die Recherche…“, fiel ich ihm ins Wort.

„Sag mir nicht, dass Du noch immer diesen „Bahnwärter“ suchst!“, rief Rüdiger und seine Augenbrauen bebten.

„Ich habe schon eine ganz heiße Spur“, log ich. Jetzt erst musterte mich mein Boss von oben bis unten und bemerkte meine ramponierte Kleidung und meinen eigentümlichen Kopfschmuck.

„Wie siehst Du denn eigentlich aus? Bist Du etwa durch den ganzen Wald gekrochen? Für die Existenz dieses „Bahnwärter-Schutzengels“ gibt es keinerlei Beweise - das ist alles Waschweiber -Geschwätz!“

Ich wollte gerade die Stimme erheben, aber ein zuckender Gesichtsmuskel meines Chefs belehrte mich eines Besseren.

„Du kannst dieses Projekt in deiner Freizeit verfolgen, aber wenn ich dich hier brauche, stehst du Spalier, sonst kannst Du bei einer anderen Zeitung anfangen! Ich will bis Feierabend den Artikel über das Treffen vom Kleintierzuchtverein auf meinem Schreibtisch liegen haben, ist das klar?!“

Ich nickte brav und verzog mich schnellstmöglich zurück auf meinen Platz, der nur aus einem kleinen Schreibtisch, einem Stuhl und einem alten Laptop bestand. Die Kollegen mit Festanstellung nannten immerhin einen kleinen Schrank und eine Bürowand ihr Eigen. Pflichtbewusst erledigte ich alle meine Schreibarbeiten in Rekordzeit und schrieb diesen blöden Artikel über die „Hoppelhasen“. Mein Boss war erst einmal besänftigt, zumindest für den Moment.

Fest überzeugt, den Abend mal nicht im Wald zu verbringen, machte ich mich auf den Nachhauseweg. Ich zog das Garagentor auf, zog eine enge Holztreppe herunter und kletterte hinauf in meine „Wohnung“. Dort warf ich meine Tasche und die Jacke auf mein Bett. Ich machte Licht und schloss die Tür hinter mir, um meine Ruhe zu haben.

Sollte ich die Suche nach dem Bahnwärter jetzt schon beenden? Handelte es sich wirklich um ein Hirngespinst von lebensmüden Menschen, die nicht mehr ganz bei sich waren?

Meine Wohnung, oder besser gesagt mein altes „Kinderzimmer“, bestand aus einem alten Bett, dass immerhin sehr bequem war, einem kleinen Kleiderschrank und einem wackeligen Bücherregal, das unter dem Gewicht zahlreicher Bücher ächzte. Ich starrte auf die Poster an der Wand aus meiner Jugendzeit, Knight Rider und irgend so eine Boyband aus den Neunzigern und stellte dabei fest, dass es wirklich überfällig war, auf eigenen Beinen zu stehen und nicht in einer Art „Abstellkammer“ zu hausen und auf Mamas und Papas Tasche zu liegen. Es musste sich etwas ändern! Nein, ich musste MICH ändern!

Meine Mutter Thea betrat meine Garagen-Wohnung durch den Flur, der diesen mit unserer Waschküche verband und riss mich aus meinen Gedanken. Auch sie trug dunkelbraunes kurzes Haar, war schlank und klein, wie ich.

Ihre geringe Größe hatte sie mir vererbt, und auch ihre große Neugier und ihr noch größeres Herz.

„Hallo Schatz, Du bist ja schon da“, stellte sie fest und küsste mich auf die Stirn.

Ich konnte ein Seufzen nicht unterdrücken.

„Was ist los, so schweigsam? Gab´s Ärger bei der Arbeit, mal wieder?“, wollte sie wissen, setzte sich zu mir und legte einen Arm um mich.

„Ach, es geht um diese Geschichte“, begann ich.

„Lass mich raten, wegen diesem Bahnwärter an dessen Existenz Du glaubst?“, schnitt sie mir das Wort ab.

„Ich weiß, dass es ihn gibt, ich muss ihn nur noch finden“, schnaubte ich verzweifelt.

„Ja sicher, Liebes. Kommst du dann zum Abendessen?“

Ich nickte betrübt. „Ja, komme gleich.“ Meine Mutter verließ den Raum.

Ja, sie hatte Recht. Ich hatte keine Beweise für diesen Mann, der Menschen vor dem sicheren Tod rettete, aber ich wünschte mir so sehr, dass es ihn gab. Jemanden, der nicht wegschaute, der wirklich etwas bewegte und die Welt besser machte, genau das brauchten wir Menschen so dringend.

Beim Essen kam mir die Erkenntnis, dass ich, um endlich an handfeste Beweise zu kommen, mit dem Nachbarn reden musste, der sich vor ein paar Wochen das Leben nehmen wollte. Wer, wenn nicht er, konnte über diese Begegnung mit der dunkeln Gestalt Auskunft geben - sofern er dazu bereit war?

Am nächsten Nachmittag betrat ich das efeubewachsene Grundstück der Nachbarn. Der Vorgarten war hübsch angelegt, der Duft von Sonnenblumen, Hortensien und Lavendel schlug mir entgegen, der Rasen war ordentlich gemäht. Gartenzwerge säumten den Weg. Ich schaute durch das Fenster in die Küche und sah Herrn und Frau Rischke am Küchentisch sitzen. Beide hatten mich bemerkt und warfen mir verwunderte Blicke zu. Ich fühlte mich ertappt, winkte den beiden überfreundlich zu und zeigte auf die Haustüre.

Frau Rischke hatte meine Geste verstanden und stand kurz darauf an der Haustüre und öffnete mir.

„Frau Reutling? Sie hier? Was gibt es denn?"

„Äh, hallo Frau Rischke. Sie haben mir doch bei Ihrem Friseurtermin von Ihrem Mann und der Sache mit der dunklen Gestalt auf den Gleisen erzählt", begann ich.

„Ich wollte mal sehen wie es Ihnen und Ihrem Mann geht und vielleicht hätten Sie ja Zeit für eine kleine Unterhaltung?"

„Danke, uns geht es beiden gut. Aber was wollen Sie denn noch wissen, ich habe Ihnen doch bereits alles erzählt?" Sie hob die Arme und verschränkte sie vor ihrer Brust.

„Ich hatte gehofft, selbst mit Ihrem Mann sprechen zu können", erklärte ich und warf einen Blick über die Schulter von Frau Rischke in die Wohnung. Ihr Mann war nicht zu sehen.

„Ich habe Ihnen doch gesagt, dass er betrunken war und total durcheinander. Er sagt selbst, dass es eine Halluzination gewesen sein muss. Also, sollten wir das Thema nun dabei belassen", erwiderte sie bestimmt und versperrte mir mit verschränkten Armen den Zugang zum Haus.

Ich nickte enttäuscht und steuerte kurz darauf den Gartenzaun an, um das Gelände zu verlassen. Kaum hatte ich das Gartentor geöffnet und hinter mir geschlossen, packte mich Herr Rischke an der Schulter und zog mich hinter eine Mauer. Ich zuckte erschrocken zusammen. Er hatte eine beachtliche Größe und eine kräftige Statur, sein Griff drückte mich schwer nach unten.

„Nina, warte mal!" Herr Rischke kannte mich schon seit meiner Kindheit und seitdem waren wir Nachbarn.

„Geht es Ihnen gut?", fragte ich erschrocken.

„Ja, es geht mir gut. Aber ich bin schon etwas durcheinander. Die meisten, mit denen ich gesprochen habe, halten mich für verrückt und nicht mehr für zurechnungsfähig. Meine Frau hat mir sogar den Dorfpfarrer auf den Hals gehetzt, weil sie dachte ich hätte eine göttliche Erscheinung gehabt", erklärte er verärgert.

„Und war es das?", hakte ich neugierig nach.

Herr Rischke schaute immer wieder ängstlich über den Zaun, ob seine Frau bemerkte, wie wir beide uns unterhielten. Das hätte ihr sicher nicht gefallen.

„Ich weiß es ehrlich gesagt nicht. Manchmal sehe ich die dunkle Gestalt wieder vor mir, wie sie mir gütig eine Hand reicht, mich von den Schienen zieht. Und dann wieder bin ich mir nicht sicher, ob ich mir das alles nur eingebildet habe. Meine Frau meinte, ich solle sagen, ich hätte zu viel getrunken, damit die Leute mich nicht für senil halten."

„Ich glaube Ihnen", sagte ich bestimmt und nickte ihm aufmunternd zu.

Er lächelte mich selig an.

„Würden Sie dem Dorfblatt ein Interview geben?", fragte ich.

„Ich? Nein, bestimmt nicht. Meine Frau würde mich dafür steinigen! Außerdem geht dann erst recht das Gerede im Dorf los, dass ich womöglich den Verstand verloren habe."

„Aber wenn wir noch mehr Menschen finden, die den Bahnwärter getroffen haben?"

„Den Bahnwärter?"

„So nenne ich den Mann auf den Gleisen", erklärte ich.

„Das würde doch keiner zugeben", stellte er fest.

„Ja, aber wenn Sie es bezeugen, dann trauen sich vielleicht auch andere, ihre Geschichte zu erzählen", versuchte ich zu erklären.

Herr Rischke wedelte abwehrend mit den Händen vor seinem Gesicht.

„Nein, ausgeschlossen. Deinen „Bahnwärter“ musst Du schon alleine finden. Ich beschäftige mich jetzt lieber mit meiner Familie, die hatte genug unter meiner „Krise“ zu leiden“, sagte er und war flugs wieder im Garten verschwunden.

Es war hoffnungslos! Keiner wollte mir bei der Suche helfen. So langsam schien es mir, als ob es vorbestimmt wäre, dass ich nie eine Festanstellung in der Redaktion bekommen und stattdessen ein Dasein als gelangweilte „Tippse“ in einem Büro der Anzeigenschaltung oder Schlimmeres, fristen sollte.

Ich machte einen langen Spaziergang durch das Dorf bis es schließlich dunkel wurde. Zurück zu Hause ließ ich mich erschöpft auf mein Bett fallen und schlief sofort ein.

Gegen zwei Uhr nachts knallte ein Vogel gegen das Garagentor unter mir, der Schlag ließ mich hochschrecken. „Wie ein Gewehrschuss!“, durchzuckte es mich, und mein Herz schlug wie ein Presslufthammer. Da kam mir eine bahnbrechende Idee, wie ich doch noch auf den Bahnwärter stoßen könnte, sofern es ihn wirklich gab. Vielleicht war Selbstmord die einzige Option?

Kapitel 3

Diese Umstände hatten mich also dazu bewogen, an diesem lauen Abend auf den Bahngleisen mein Schicksal herauszufordern, um endlich auf den geheimnisvollen Bahnwärter zu treffen. Als ich das Bahnwärterhaus nun betrat, überkam mich grenzenlose Angst und ebenfalls große Neugier, auf die vor mir stehende, dunkle Gestalt. Fast hypnotisch beobachtete ich jede Geste, die mein Gegenüber ausführte. Zu meiner Verwunderung drückte er einen Lichtschalter, um die kleine Hütte in Helligkeit zu tauchen und holte keine Kerzen hervor, wie ich es eigentlich erwartet hatte. Daraufhin erblickte ich einen alten Ohrensessel, in dem der „Bahnwärter" Platz nahm. Wortlos wies er auf einen Lehnstuhl, der mit Sicherheit schon bessere Jahre gesehen hatte, und bat mich damit, Platz zu nehmen. Zitternd näherte ich mich dem Stuhl und hätte mich vor lauter Nervosität fast daneben gesetzt.

Noch immer starrte ich die verhüllte Gestalt schamlos an. Langsam fasste er mit beiden Händen nach der Kapuze und entblößte sein Gesicht.

Ein Mann um die dreißig, mit einem markanten Gesicht kam zum Vorschein. Langes blondes Haar fiel über seine Schultern und umrahmte seine hellgrünen Augen.

Es vergingen gefühlte Minuten, ich bin mir aber sicher, dass es nur Sekunden gewesen sein konnten, bis ich mich traute, einen Laut von mir zu geben.

„Hallo, wer bist Du?“, fragte ich kleinlaut.

„Ich bin Gabriel, der Wächter der Gleise und wer bist Du?“, antwortete er mit einer angenehm tiefen Stimme.

„Ich bin Nina“, meine Stimme zitterte noch immer. Nicht zu glauben, dass ich meinen Mund nicht aufbekam. Ich erkannte mich selbst nicht wieder.

„Was hast Du auf den Gleisen gesucht, Nina?“, fragte er und beugte sich näher zu mir.

„Äh…, ich wollte einen Spaziergang machen und war so in Gedanken, da hab ich den Zug nicht gehört…“

„Ach ja, warum hast Du Dich dann erst vor den zweiten Zug gestellt, wenn Du den Zug gar nicht bemerkt haben willst?“, wollte Gabriel wissen.

„Äh, ich, ich, hab mich beim ersten Zug nicht getraut.“

„Was nicht getraut?“, fragte er, obwohl er die Antwort kannte.

„Na, Du weißt schon, das, was man halt auf den Gleisen macht, außer Zugfahren.“

„Du wolltest Dir das Leben nehmen?“

„Ja, genau, ich denke schon", log ich stotternd. Etwas gelassener stand ich auf und schaute mich in dem kleinen Häuschen um. Er hatte also elektrisches Licht. Zwei Sitzgelegenheiten und eine Matratze auf dem Boden mit einem abgegriffenen Kissen und einer abgewetzten Decke, waren bis auf einen Kochtopf und eine Pfanne, seine komplette Einrichtung. Neben der Matratze entdeckte ich ein paar Bücher auf dem Boden und ging auf die Knie, um die Buchtitel abzulesen.

„Bist Du dir sicher, dass Du nicht mehr leben möchtest?", fragte Gabriel und berührte dabei meine Schulter.
Ich schreckte hoch und setzte mich wieder zurück auf den Stuhl.

„Ja klar, bin ich sicher", flunkerte ich weiter. Unsere Begegnung durfte jetzt noch nicht zu Ende sein.

„Und warum?"

„Na ja, das Übliche - Keinen festen Job, kein Geld, keine eigene Wohnung, keine Liebe…", zählte ich auf.
Der Bahnwärter musterte mich. „Und Du siehst keine Möglichkeit, dass sich daran etwas ändern könnte?", fragte er und legte nun beherzt eine Hand auf meine Schulter und blickte mir direkt in die Augen.
Mein Herz schlug bis zum Hals. Ich riss mich los und sprang vom Stuhl auf. „Lebst Du hier wirklich im Wald, oder hast Du noch eine Wohnung?", wollte ich wissen.

Gabriel schien verwirrt zu sein über meine Reaktion und sah mich schweigend an.

„Bekommst Du hier häufiger Besuch? Ich meine, hältst Du häufiger Menschen auf, die sich vor den Zug werfen wollen?“, fragte ich und musste mich beherrschen nicht meinen Block herauszuziehen, um mir Notizen zu machen.

„Das kommt schon hin und wieder vor“, antwortete er ruhig.

„Und was tust Du mit diesen Menschen?“

„Das gleiche, dass ich auch mit Dir gemacht habe.“

„Reden?“

„Ich gebe Ihnen eine Chance, noch einmal über alles nachzudenken, mehr nicht.“

Ich wollte gerade etwas erwidern, aber Gabriel erhob sich von dem Sessel und trat zu mir.

„Wie ist es mit Dir, möchtest Du deinem Leben immer noch ein Ende setzen?“

„Nein, ich denke heute nicht mehr“, ich wollte das unmittelbar bevorstehende Ende unserer Begegnung hinauszögern.

„Das reicht mir“, sagte er und öffnete die Türe seiner Hütte.

„Aber willst Du nicht sagen, dass ich es nicht tun soll, also mir das Leben nehmen?“, fragte ich verunsichert.

„Das musst Du schon selbst wissen, aber überlege es Dir gut“, antwortete er und schob mich sachte zur Türe.

Ich setzte schweren Herzens meine Füße über die Schwelle und fühlte mich abrupt wie Alice im Wunderland, die wieder aus dem Kaninchenbau herausgeklettert war. Als ich mich kurz darauf umdrehte, blickte ich auf eine verschlossene Türe. Ich ärgerte mich sehr, dass ich nicht noch mehr Fragen gestellt hatte, um genug Informationen für meinen Artikel zu bekommen. Im nächsten Moment überkam mich aber eine enorme Euphorie. Den „Bahnwärter“ gab es wirklich! Ich hatte ihn getroffen, leibhaftig! Mit Herzklopfen machte ich mich auf den Nachhauseweg, ich konnte es nicht erwarten meinen Eltern von meinem Erlebnis zu berichten.

Kapitel 4

Natürlich war es mitten in der Nacht als ich schließlich wieder zu Hause ankam. Ich entschloss mich, meine Eltern nicht aus dem Schaf zu reißen. Das war zumindest der Plan gewesen. Auch wenn es mir schwerfiel, versuchte ich möglichst leise in meine Wohnung zu gelangen und wollte meine Eltern erst am nächsten Morgen mit meiner wundersamen Begegnung überraschen.

Bei dem Versuch die Treppe möglichst leise hinaufzusteigen, machte mir die knirschende und knarrende Holzstiege einen Strich durch die Rechnung. Aber meine Eltern hatten einen festen Schlaf. Erleichtert, dass ich niemanden geweckt hatte, nahm ich den letzten Schritt zu meiner Wohnung hinauf und übersah im Dunkel einen Pott mit Suppe, den mir meine Mutter wohl auf die Treppe gestellt hatte. Dieser ergoss sich sogleich über meine Füße. Zum Glück war die Suppe nicht mehr heiß, aber der sämige Brei, der sich über die Treppe ergoss, ließ mich die zuvor erkletterten Stufen wieder herunterrutschen.

Ich kam schließlich auf meinem Hintern auf der letzten Treppenstufe zum Halten, vor mir meine schlaftrunkenen Eltern. Mein Vater rieb sich den Sand aus den Augen und ich meinen Hintern. Nun konnte ich mein Geheimnis nicht länger für mich behalten.

„Ich muss Euch was erzählen!", sprudelte es aus mir heraus.

„Willst Du uns sagen, wo Du so spät noch warst?", fragte meine Mutter.

„Ja, genau", ich rappelte mich vom Boden auf.

„Warst Du auf einer Party oder hattest ein Rendezvous?", wollte mein Vater wissen.

„Falls ja, ich hoffe er ist reich", ergänzte meine Mutter.

„Ach, Mama! Nein, ich habe den Bahnwärter getroffen. Es gibt ihn wirklich. Ich hab mit ihm in dem alten Bahnwärterhaus gesprochen." Erwartungsvoll sah ich meine Eltern an und wartete auf eine Reaktion.

Meine Eltern schauten sich ausdruckslos an.

„Was ist, glaubt ihr mir nicht?", fragte ich verärgert.

„Na ja …", stotterte mein Vater.

Ich schüttelte den Kopf. „Versteht ihr denn nicht, dass diese Story mir eine Festanstellung in der Redaktion verschaffen könnte?"

„Du könntest ja auch in einem Büro als Verwaltungsfachangestellte arbeiten. Du hast das schließlich mal gelernt", sagte meine Mutter.

„Will ich aber nicht! Das ist so was von öde“, maulte ich. „Schlimm genug, dass ihr mich damals gezwungen habt diesen Beruf zu erlernen, muss ich denn nun mein ganzes Leben darin hinvegetieren?“, schimpfte ich.

„Ganz ruhig, ich würde vorschlagen, wir gehen jetzt alle wieder ins Bett und reden morgen früh darüber, ja?“, schlug mein Vater vor und verschwand mit meiner Mutter Richtung Schlafzimmer.

Mein Herz raste immer noch, als ich mich schließlich auf mein Sofa gleiten ließ. Ich hatte keine Ahnung, wie ich unter diesen Umständen ein Auge zu machen sollte. Doch irgendwann musste ich vor Erschöpfung eingeschlafen sein, denn ich wurde unsanft geweckt durch das Klingeln meines Weckers. Eilig hüpfte ich in frische Kleidung und stolperte die Treppe herunter. Voller Euphorie setzte ich mich an den Frühstückstisch. Die strengen Gesichter meiner Eltern holten mich zurück in die Gegenwart und zerschlugen meine gute Laune mit einem Wimpernschlag.

„Guten Morgen“, sagte ich vorsichtig und goss mir einen heißen, dampfenden Kaffee ein.

Meine Eltern erwiderten der Form halber kaum hörbar meinen Gruß.

„Und hast Du Deinen Rausch ausgeschlafen?“, fragte mein Vater etwas spöttisch.

„Was für ein Rausch? Ich habe nichts getrunken!“, rief ich verärgert.

„Das macht es ja noch schlimmer. Das wäre wenigstens eine Entschuldigung für deine Geschichte letzte Nacht gewesen“, gab meine Mutter zurück.

„Ich stehe dazu, ich habe gestern den Bahnwärter getroffen und mit ihm geredet“, erklärte ich voller Selbstbewusstsein.

„Meinst Du nicht, dass dir dein Verstand einen Streich gespielt hat. Es war ja immerhin dunkel draußen. Du weißt doch, nachts sind alle Katzen grau“, sagte mein Vater und biss von seinem Marmeladenbrot ab.

Ich beobachtete einen Brotkrummen, der ihm beim energischen Kauen aus dem Mundwinkel sprang. Er war sauer. Ich wollte mich nicht weiter provozieren lassen, ich war mir meiner Sache sicher. Wenn ich weitere Beweise liefern könnte, würden sie sich bei mir entschuldigen müssen.

„Ihr werdet schon noch sehen“, rutschte es mir heraus.

„Hör zu, mein Schatz, dein Vater hat Recht. Wir unterstützen dich gerne. Du wohnst jetzt über zwei Jahre über unserer Garage. Kommst beruflich nicht weiter, weil Du einem Traum nachläufst, der Utopie ist“, holte meine Mutter aus.

„Was soll das bedeuten?“, unterbrach ich sie.

„Es bedeutet, dass deine Mutter und ich uns unterhalten haben und wir wollen, dass Du bis Ende des Monats entweder die Festanstellung in der Redaktion bekommst oder Du suchst Dir einen besser bezahlten Job in einem Büro oder sonst wo", endete mein Vater.

„Oder wir können dich nicht weiter finanziell unterstützen. Du bist jetzt 30 Jahre alt, da muss man doch mal wissen, wohin es geht im Leben", fügte meine Mutter hinzu.

Ich war wie vor den Kopf gestoßen und so sauer, dass ich kein Wort mehr herausbekam. Laut polternd ging ich wieder die Treppe in meine Wohnung hinauf, um meine Tasche für die Arbeit zu holen. Hoffentlich hatte mein Chef mehr Interesse an meiner Entdeckung als meine Eltern. Der Druck, der nun auf mir lag, lastete wie ein Rucksack voller Steine auf meinem Rücken. Meine Füße waren schwer wie Blei, als ich zu Fuß den Weg zur Zeitung nahm.

Rüdiger war noch unterwegs, als ich in der Redaktion ankam. Somit hatte ich noch etwas Zeit mich vorzubereiten. Die wichtigsten Fakten landeten auf meinem Notizblock, mit einer Skizze der Bahngleise an der Stelle, wo sich das Bahnwärterhaus befand.

Eine halbe Stunde später betrat Rüdiger sein Büro und ich erwartete ihn dort bereits mit einem heißen Kaffee und Keksen. Ich war mir sicher, das würde meine Erfolgsaussichten steigern.

Als er mich erblickte, schien er etwas enttäuscht zu sein, mein kleines bereitgestelltes Frühstück hellte seine Mine jedoch etwas auf.

„Guten Morgen Chef, ich habe Neuigkeiten!“, startete ich, als er den ersten Schluck des Kaffees zu sich genommen hatte.

„Ich höre“, sagte er und verspeiste die ersten Kekse.

„Ich habe ihn gefunden!“, rief ich.

„Wen?“

„Na, den Bahnwärter!“

„Wen?

„Der Mann, der die Menschen von den Schienen rettet.“

„Den gibt's wirklich?“

„Ja, sag ich doch. Ich habe mit ihm gesprochen.“

„Wer ist er?“

„Er heißt Gabriel und lebt in dem alten Bahnwärterhaus.“

Rüdiger verzog seinen Mund spöttisch zu einem Grinsen. „Mmmhh, noch was?“

„Er hat langes, blondes Haar, hatte einen langen Mantel an und hat mich von den Gleisen gerettet“, erzählte ich ohne Luft zu holen.

„Ah ja, er hatte langes, blondes Haar, einen langen Mantel und heißt Gabriel.“

„Ja, genau. Ist hier drin ein Echo?“

„Und wann möchtest Du mir von seinen Engelsflügeln erzählen?“

„Engelsflügel?“ Ich verstand nicht.

„Du willst mich wohl verarschen! Diese Geschichte könnte ja nicht klischeehafter sein, das ist dir schon aufgefallen, oder?“

„Äh…“, ich stammelte. „Vielleicht ist es ja nur ein Geheimname, damit die Menschen nicht erfahren, wie er richtig heißt.“

„Ich denke dieser irre Typ hat Dir einen großen Streich gespielt. Sieht, wie du auf den Bahngleisen rumirrst und gibt sich dann als Retter in der Not aus.“

„Nein, so war's nicht. Diese Geschichte ist wirklich wahr und der Bahnwärter ist real. Wenn wir das drucken, wird das der Knaller.“

„Du musst mir schon ein paar Beweise mehr bringen, als einen Namen für Aushilfsengel und eine vage Personenbeschreibung“, beharrte Rüdiger.

„Ja, natürlich. Das werde ich Dir alles besorgen. Ich mache Fotos, führe ein Interview mit ihm, alles, was Du willst“, versprach ich.

Rüdiger hatte den letzten Keks verschlungen und putze sich den letzten Krümel vom Mund. „Du hast eine Woche Zeit, um mir mehr zu bringen, sonst kannst Du das vergessen und ich will nie mehr was von deinem „Bahnwärter“ hören, ja?“

Ich sprang vom Stuhl auf. „Jawohl, Du kannst Dich auf mich verlassen!“ Eilig verließ ich das Büro, um mir einen Schlachtplan für meinen erneuten Besuch beim Bahnwärter zu machen.

Kapitel 5

Nun, mit dem Segen meines Chefs, machte ich mich bereits am nächsten Morgen auf den Weg zum Bahnwärterhaus. Diesmal bei Tageslicht, um Fotos machen zu können. Ich hatte einen Rucksack mit Wasser und einem Müsliriegel gepackt, natürlich meinen Schreibblock, etwas zum Schreiben und mein Handy. Ich wollte mir erst einmal das Häuschen genauer ansehen, vielleicht konnte ich von außen schon die ersten Fotos von Gabriels Mobiliar machen und mich genauer umschauen, bevor ich auf ihn traf.

Wieder ging ich auf die Gleise und wollte von dort aus Gabriels Zuhause finden, aber ich sah kein Bahnwärterhaus. Ich konnte mich nicht entsinnen, dass wir in der Nacht einen längeren Weg zurückgelegt hätten. In meiner Erinnerung war das Haus nur ein paar Schritte von den Gleisen entfernt gelegen. Aber dem war nicht so. Hatten mich die Dunkelheit und die aufregenden Umstände so getäuscht? Ich schlug mich durch Unterholz und hohes Gras entlang der Schienen. Immer wieder musste ich die Suche unterbrechen, wenn ein

Zug vorbeirollte. Eine schneidend kalte Gänsehaut überkam mich bei jedem Vorbeirauschen, weil es mich an das mysteriöse Zusammentreffen mit dem Bahnwärter erinnerte.

Stunden später waren meine Arme zerstochen von Mücken, das Gesicht zerkratzt von Dornenbüschen, die Muskeln schmerzten und eine unbändige Wut kroch in mir hoch. Der Gedanke, dass ich mir möglicherweise alles doch nur eingebildet und es Gabriel nie gegeben hatte, trieb mir Tränen des Zorns in die Augen und verschleierte meine Sicht zusehends. Ich warf mich verzweifelt auf den staubigen Boden, kleine, spitze Kieselsteine trieben sich in meine Knie.

Als es dämmerte, stellte ich fest, dass ich den ganzen Tag damit verbracht hatte, das Haus zu suchen und an dieser einfachen Aufgabe gescheitert war. Einige Minuten suhlte ich mich in meinem Selbstmitleid, erkannte aber schnell, dass mich dies nicht weiterbringen würde. Ich rappelte mich auf, klopfte den Staub von meiner Hose, schulterte meinen Rucksack und trat den Weg nach Hause an. Schließlich wollte ich vermeiden, mich bei meiner Pechsträhne auch noch im dunklen Wald zu verlaufen.

Als ich zu Hause ankam, ließ ich mir nichts anmerken und ging wortlos an meinen Eltern vorbei in meine Wohnung. Ich erklärte nichts und sie stellten keine Fragen.

Außerdem war ich immer noch sauer und enttäuscht. Immerhin lagen noch zwei Wochen meiner Galgenfrist bis zum Monatsende vor mir. Ich war noch nicht bereit aufzugeben.

Die nächsten Tage wiederholte sich dieses Szenario: Herumstolpern im Wald, endloses, erfolgloses Suchen. Dreckige Klamotten, stinkende Schuhe, schmerzende Füße. Eichhörnchen, Igel und Wildvögel aller Art wurden meine besten Freunde. Mit Raupen, Käfern und Tausendfüßlern konnte ich mich allerdings nicht anfreunden. Schon als Kind hatte ich den Duft des Waldes geliebt, die Sonne, die durch das Blätterdach schien, und die knackenden Äste unter meinen Füßen.Es hätte fast etwas Romantisches gehabt, wenn nicht mein Chef nach einer Woche auf meinem Handy angerufen und nach dem Stand der Dinge gefragt hätte. Ich versicherte ihm, dass ich kurz vor dem Durchbruch stand, und bat um einen Aufschub übers Wochenende. Vermutlich hatte er am Freitagabend gute Laune, weswegen er zustimmte und mich auf Montagmorgen einbestellte. Erleichterung machte sich in mir breit, doch die Hoffnung in den weiteren zwei Tagen noch etwas zu erreichen, schwand langsam dahin.

Ich bewunderte ein Feld mit blauen Korn- und roten Mohnblumen, die sich langsam im Wind bogen, als würden sie ein Wiegenlied singen, als plötzlich starker Regen einsetzte.

Im Nu hingen meine kurzen Haare triefend an meinen Wangen herab und mein T-Shirt und meine Jeans klebten feucht an meinem Körper. Ich war noch zu weit von zu Hause entfernt, also lief ich zum nächsten großen Baum, unter dessen Krone ich Schutz suchen konnte. Zitternd vor Kälte saß ich dort und hoffte darauf, dass der Regen schwächer wurde. Immer wieder sprach ich mir das Mantra: „Keine Panik, alles wird gut" vor und hatte mich gerade überzeugt, als ein leuchtender Blitz am Himmel mich aufschrecken ließ. Blitze! Blitze im Wald! Und ich saß unter einem großen Baum! Ich sprang auf und rannte aus meinem Versteck durch den strömenden Regen. Irgendwie musste ich doch aus diesem verdammten Wald herauskommen! Panisch rannte ich eine Böschung hinab, stürzte, überschlug mich und landete schließlich am Ende eines kleinen, wildbewachsenen Hanges. Heller Matsch bedeckte meine Kleidung, mein Gesicht und meine Haare. Mein Kopf lag wie im Nebel und ich musste meine Gliedmaßen erst einmal neu ordnen. Ein stechender Schmerz in meinem linken Fuß ließ mich wieder zu mir kommen. In Sekundenschnelle war mein Knöchel um das Doppelte angeschwollen und verhinderte, dass ich nur einen Schritt weiter gehen konnte. Dies war ein einziger Albtraum! Ein Heulkrampf zog meine Lunge zu, als ich meine verzweifelte Lage erkannte.

Aus dem Nichts erschien plötzlich eine verhüllte Gestalt vor mir. Ich stieß vor Schreck einen spitzen Schrei aus, bevor ich erkannte, wer mir hier die Hand reichte.

Kapitel 6

Beherzt zog mich Gabriel hoch. Kaum stand ich wieder auf meinem Knöchel durchfuhr mich ein heftiger Schmerz, der mich in die Knie zwang. Gabriel wartete nicht lange und hob mich auf seine Arme, als sei ich aus Luft. Durch den strömenden Regen sah ich nicht genau, wohin er mich brachte. Er trug mich ein kurzes Stück, setzte mich dann wieder auf dem nassen Gras ab, um eine überdimensionale, olivfarbene Plane herunterzuziehen und einen Zaun, getarnt mit Blättern, Ästen und Stöcken, zur Seite zu schieben. Mir stockte fast der Atem, als das kleine Bahnwärterhaus vor meinen Augen erschien. Bevor ich die Situation begreifen konnte, hob er mich erneut vom Boden auf und trug mich über die Schwelle. Er setzte mich auf seiner Matratze auf dem Boden ab und schloss schnell die Tür hinter uns. Während ich ihn noch verdattert anstarrte, warf er mir ein Handtuch zu, das auf meinem Kopf landete.

Gabriel schälte sich aus seinem langen, triefenden Mantel und hing diesen an einen Haken neben der Türe. Sein blondes, langes Haar hatte er zusammengebunden.

Ich versuchte mit dem Handtuch meine Haare etwas zu trocknen.

Ohne sich zu mir umzudrehen, sagte er: „Du solltest die nassen Sachen lieber ausziehen."

Ich erstarrte. Was hatte er da gesagt? Ausziehen?

„Sonst holst Du dir noch eine Lungenentzündung", fügte er tonlos zu.

Bevor ich antworten konnte, warf er mir eine große, kuschelige Decke zu. Weil er immer noch mit dem Rücken zu mir stand und keine Anstalten machte, sich zu mir umzudrehen, zog ich schnell mein T-Shirt und meine Jeans aus und legte sie auf den Boden. Ich stöhnte kurz auf, als ich die enge Hose über meinen geschwollenen Knöchel zog. Fröstelnd nahm ich die Decke und wickelte mich darin ein. Ich genoss die wohlige Wärme, die in mir aufstieg. Gabriel zog ebenfalls sein Oberteil aus, ging zu einer Truhe in der Ecke und holte dort einen Pullover und eine Jogginghose heraus. Für meinen Geschmack hatte er seine Sachen fiel zu schnell gewechselt. Ich konnte nur einen kurzen Blick auf einen schlanken und dennoch trainierten Oberkörper werfen. Meinen Knöchel hatte ich in diesem Moment vergessen.

Gabriel kam nah zu mir und schaute mich so durchdringend an, dass ich den Blick abwenden musste. Er bückte sich und hob meine nasse Kleidung vom Boden auf, um sie auf einer Wäscheleine, die von der einen Seite der Hütte bis zur Tür gespannt war, zum Trocknen aufzuhängen. Zu meiner Überraschung hatte er einen kleinen Tischkühlschrank, aus dem er eine Kühlkompresse holte und mir in die Hand drückte. „Für deinen Knöchel."

„Äh, danke...", stammelte ich und legte die kühlende Kompresse auf meinen Fuß. Ich konnte nur den Kopf über mich schütteln, tagelang hatte ich ihn gesucht und als er nun endlich vor mir stand bekam ich kein Wort heraus. Wie konnte das einer guten Reporterin passieren? Nein, das durfte einer guten Reporterin nicht passieren!

„Wo warst Du denn die ganze Zeit, ich habe dich die letzten Tage von früh bis spät gesucht. Ich habe mir die Füße platt gelaufen im Wald", polterte ich los.

„Ich weiß", antwortete er knapp.

„Ach ja und warum hast Du dich nicht mal gezeigt?"

Er schaute mich böse an und schüttelte den Kopf über meine Frage. „Glaubst Du, das ist ein Spiel, oder was?"

„Wie bitte?", fragte ich.

„Meine Aufgabe ist es, mich um die Menschen zu kümmern, die gerade eine schwere Zeit durchmachen und keine andere Wahl sehen, als sich das Leben zu nehmen. Und Du nutzt das aus und verfolgst mich. Das ist kein Spaß, Nina!"

„Du weißt noch, wie ich heiße?", fragte ich überrascht.

Er antwortete nicht.

„Es tut mir leid, ich wollte nicht den Anschein erwecken, dass ich deine „Aufgabe“ nicht ernst nehme. Es ist nur ....“ Irgendetwas hielt mich zurück ihm die Wahrheit zu sagen, dass ich von der Dorfzeitung war und deshalb mehr über ihn herausfinden wollte, um meinen Job zu retten.

„Du bist so mysteriös und anziehend“, sagte ich, ohne zu lügen.

„Mysteriös?“, fragte er und sah mich lange an.

„Na ja, Du wohnst hier ganz alleine im alten Bahnwärterhaus im Wald, ist das nicht eigentlich Hausfriedensbruch?“

„Das Haus gehörte meinen Großeltern.“

„Wirklich?“ Das speicherte ich gleich für meine Recherche ab. Das müsste doch rauszukriegen sein, wem früher dieses Haus gehörte.

„Sie waren die Bahnwärter hier im Ort, haben die Schranke an zwei verschiedenen Bahnübergängen von Hand hoch- und runtergekurbelt, wenn ein Zug kam.“

Ich nickte interessiert und sog jede Information wie ein Schwamm auf.

Gabriel schaute aus dem kleinen Fenster und stellte missmutig fest, dass es immer noch regnete und er mich erstmal nicht loswürde.

Ich nutzte diese Chance, um mir Gabriels Heim nun genauer anzuschauen. Er wohnte sehr spartanisch, hatte auf seiner

Matratze auf dem Boden eine Decke und ein Kissen liegen. Die kleine Truhe, aus der er die Kleidung genommen hatte. Ein kleiner Tisch, ein Stuhl und ein schäbiger Sessel in der Ecke. „Du hast hier Strom?", fragte ich und zeigte auf den Kühlschrank.

„Ich bin kein Höhlenmensch", gab er zurück.

„Wie viele Menschen hast Du schon von den Schienen gerettet?"

„Nicht genug", antworte Gabriel, drehte mir den Rücken zu und starrte aus dem Fenster.

Nach fünf schweigsamen Minuten ging Gabriel zur Tür, zog seinen Mantel an und verließ seine Hütte. Erschrocken sah ich ihm nach, war ich zu weit gegangen? Nach wenigen Minuten überrollte mich eine immense Müdigkeit und ich schlief ein.

Ich erwachte erst als mich ein paar Sonnenstrahlen an der Nase kitzelten. Da fiel mir wieder ein, wo ich die Nacht verbracht hatte. Vorsichtig setzte ich mich auf. Am Ende der Matratze lagen fein säuberlich mein getrocknetes T-Shirt und meine Hose. Als ich mich anzog, stellte ich fest, dass mein Knöchel nicht mehr so geschwollen war, aber beim Auftreten noch etwas schmerzte. Humpelnd öffnete ich die Türe und sah Gabriel, der auf einem Stuhl vor dem Haus saß und Kaffee trank.

Sein blondes Haar fiel ihm wie ein goldener Wasserfall über die Schultern. Als er mich bemerkte, warf er mir einen Blick über seine Schulter zu. Er stand auf und drückte mir einen großen Stock, der als Krücke dienen sollte, in die Hand. „Bitte geh jetzt", sagte er und setzte sich wieder.

Ich nickte. „Danke für Deine Hilfe. Ohne dich wäre ich aufgeschmissen gewesen. Du hättest mir nicht helfen müssen, hast es aber trotzdem getan."

Gabriel nickte und zeigte einen kleinen Weg entlang. „Am besten nimmst du diese Strecke, dann kommst Du am schnellsten nach Hause und halte dich vom Wald fern."

Ich lief los, drehte mich aber noch einmal nach ihm um. „Darf ich dich wieder besuchen?"

„Nein", gab er zurück.

„Ich dachte nur, weil Du sagtest, dass Du Menschen in schwierigen Phasen zur Seite stehst. Ich würde dich wirklich gerne näher kennenlernen, wenn Du mich lässt," erklärte ich und strich mir eine Haarsträhne hinter das Ohr.

„Ich habe keine Zeit für so was, ich muss mich um wichtigere Dinge kümmern", gab er zurück und verschwand in seiner Hütte.

Humpelnd, aber dennoch voller Freude ging ich nach Hause. Gabriels Wanderstab leistete mir wirklich gute Dienste und ich schwebte förmlich zurück zu meinem Haus.

Vermutlich beflügelte mich auch mein Erfolg und ich malte mir im Geiste aus, wie meinen Eltern, meinen Kollegen und meinem Chef die Kinnlade nach unten fallen würde, wenn ich ihnen vom dem Bahnwärter erzählen würde. Ich wusste jetzt, an welchem Ort das Bahnwärterhaus stand und wie es versteckt war. Und die Fotos… Mist, ich hatte aufgrund des Regens und meines Sturzes total vergessen, Bilder zu machen. Aber vielleicht, nein ganz sicher, hätte Gabriel das sowieso nicht gewollt. Vermutlich hätte er mich mitten in der Nacht davongejagt oder mein Handy zertrümmert, wenn ich auch nur versucht hätte, ein Foto zu schießen. So hätte ich die zarte Beziehung, die wir geknüpft hatten, in einer Sekunde wieder zerstört. Vielleicht war das Wort „Beziehung" zu hoch gegriffen, aber immerhin hatte er mich über Nacht mit in sein Zuhause genommen, meine Kleidung getrocknet, meinen Knöchel versorgt. Auch wenn er sich unnahbar gab, ich war mir sicher, dass ich ihm nicht egal war.

Jetzt hieß es die gewonnenen Informationen zusammen zu tragen, um sie meinen Chef morgen früh zu präsentieren. Eigentlich hätte ich gerne noch einmal mit Gabriel gesprochen, aber ich hatte den Eindruck, dass er erst einmal eine Pause von mir brauchte. Außerdem sehnte sich mein dicker Knöchel nach Ruhe. Zudem knurrte mein Magen sehr laut, ich hatte schon ewig nichts mehr gegessen.

Kaum hatte ich mich die Treppe hinauf in meine Wohnung geschleppt und meinen Fuß auf einen Hocker gebettet, standen meine Eltern vor mir.

„Nina, wo warst Du denn?“, fragte meine Mutter verängstigt. Beide warfen einen geschockten Blick auf meinen Knöchel.

„Was ist denn passiert?“, wollte mein Vater wissen.

Voller Euphorie erzählte ich die ganze Geschichte von meiner Suche im Wald bis zur Nacht im Bahnwärterhaus. Meine Eltern unterbrachen mich nur selten, um meine Leichtsinnigkeit zu tadeln, aber sie schienen mich zumindest nicht mehr für unzurechnungsfähig zu halten. Meine Mutter brachte mir ein warmes Essen und eine Kanne heißen Tee - und einen Eisbeutel für meinen Knöchel. Nach einer heißen Dusche war ich wieder hergestellt und stellte an meinem Laptop die Präsentation für morgen zusammen. Ich war mir sicher, dass meine Festanstellung in greifbarer Nähe lag.

Kapitel 7

Am Montagmorgen betrat ich die Redaktion des Dorfblattes gefühlte 30 cm größer als sonst. Ich drückte Tamara zur Seite, um mir Zugang zu Rüdigers Büro zu verschaffen. Sie schaute mich empört an, aber das konnte mich heute nicht schocken. Rüdiger hob lächelnd seinen Kopf, als er mich sah. Ob aus Vorfreude, oder weil er sich freute mich bald los zu sein, konnte ich nicht deuten. Ich legte meine Präsentationsmappe vor ihm auf dem Tisch ab und wartete gespannt auf seine Reaktion. Obwohl ich sicher war, dass diese Geschichte bei ihm auf Interesse stoßen würde, brach mir jetzt der Schweiß aus. Während mein Chef durchaus interessiert die Mappe studierte, dachte ich darüber nach, wie wohl Gabriel reagieren würde, wenn er in der Zeitung einen Artikel über sich sehen würde. Las er überhaupt Zeitung oder schottete er sich gänzlich vom Rest der Welt ab? Wäre Gabrieles Einsiedlerleben dann mit einem Schlag vorbei, wenn die Menschen wüssten, wer hinter dem Bahnwärter-Mythos steckte?

Rüdiger schlug mit der flachen Hand auf den Tisch.

„Das scheint wirklich Hand und Fuß zu haben. Du weißt schon, dass hier Fotos unabdingbar sind."

Ich nickte. „Ja, klar. Ich bin gerade dabei, mir sein Vertrauen zu erarbeiten, aber das bekomme ich schon hin."

„Bis wann kannst Du mir die Fotos bringen?", fragte Rüdiger ungeduldig.

„Äh, ich .....," stammelte ich.

„Ohne Fotos keine Story", bestimmte Rüdiger und verschränkte die Arme vor seinem dicken Bauch.

Mein Kopf arbeitete auf Hochtouren. Warum ging mir Gabriel nicht mehr aus dem Sinn. Das war doch endlich die große Story, die ich gesucht hatte. Nun war sie zum Greifen nah und ich zögerte? Aber ich wollte meine Eltern nicht verärgern und riskieren, bald unter der Brücke schlafen zu müssen. Ich musste das durchziehen. „Unter einer Bedingung", sagte ich schließlich.

„Was für eine?", fragte mein Chef erwartungsvoll.

„Wenn ich die Fotos liefere, bekomme ich eine Festanstellung in der Redaktion als Journalistin. Keine Arbeiten auf Abruf mehr, sondern ein festes Gehalt", forderte ich mit fester Stimme.

Rüdiger lachte lauthals, sein Bauch erbebte und wackelte mit seinem Kinn um die Wette.

„Du gefällst mir Kleine!"

Er stand auf und reichte mir die Hand. „Ich bekomme bis nächsten Freitag die Bilder und ein Exklusivinterview mit dem Bahnwärter und Du bekommst Deine Festanstellung. Ansonsten will ich Dich hier nicht mehr sehen."

Ich schlug ein.

Eine Woche Zeit, um mein Leben auf die Reihe zu bringen. Und ich hatte noch keine Ahnung, wie ich das anstellen sollte. Meine Eltern waren erfreut, von meinen Fortschritten zu hören, und meine Mutter kochte mein Lieblingsessen Pfannkuchen, um mich für den folgenden Tag zu stärken.

Am nächsten Tag machte ich mich bereits bei Sonnenaufgang auf den Weg zu Gabriel. Diesmal zur Sicherheit bewaffnet mit meiner selbst gebastelten Karte, einer Taschenlampe, Proviant, einem Regencape, Verbandsmaterial, Gabriels Wanderstab, einer Decke, meinem Handy und einem zusätzlichen Fotoapparat. Nicht zu vergessen mein Schreibblock und diverse Stifte. Nichts würde mich diesmal davon abhalten, meinen Job als Reporterin auszuführen. Heute würde es so weit sein. Ich würde die Karten auf den Tisch legen und ihm alles sagen. Was hatte ich zu verlieren? Würde er verständnisvoll auf meine Bitte reagieren, was ich erst einmal nicht erwartete, umso besser. Bei Widerstand würde ich ihn natürlich nicht bedrängen, vielleicht brauchte er nur ein bisschen mehr Zeit. Aber genau das hatte ich nicht. Mein Chef saß mir im Nacken.

Als ich beim Bahnwärterhaus ankam, wäre ich fast wieder daran vorbeigelaufen. Aber diesmal entdeckte ich den „Tarnzaun", schob ihn zur Seite und zog die Plane von der Hütte herunter. Gabriel war nirgends zu sehen. Ich entschloss mich, die Zeit zu nutzen und wenigstens schon einmal Fotos von außen zu machen. Jeden Winkel nahm ich unter die Lupe und lichtete ihn ab. Nach drinnen konnte ich leider nicht sehen, Gabriel hatte von innen einen blickdichten Vorhang vor dem Fenster zugezogen. Ich nahm die Decke aus meinem Rucksack und machte es mir auf dem Boden vor dem Haus gemütlich. Mein Vorsatz war, hier nicht eher wegzugehen, bevor ich hatte, was ich wollte.

Etwa eine Stunde später tauchte Gabriel schließlich auf. Sein Gesicht verriet mir, dass er sich nicht gerade freute mich zu sehen, aber er schickte mich immerhin nicht weg.

Freudig sprang ich von meiner Decke auf und hielt ihm den Wanderstab hin. „Ich wollte Dir deinen Stock wiederbringen!" Ich grinste schüchtern.

„Welch ein Glück, im Wald sind Stöcke Mangelware", sagte er und ich sah das erste Mal ein kleines Lächeln auf seinem Gesicht, als er den Stock wieder neben die Tür stellte.

Verlegen holte ich schnell eine Dose mit Keksen aus meiner Tasche. „Die hab ich Dir gebacken, als Dankeschön für meine Rettung im Wald“, erklärte ich und drückte sie ihm in die Hand.

„Ach wirklich, DU hast sie gebacken?“

„Nein…, meine Mutter war es, ich kann nicht backen oder kochen, du hast mich erwischt“, gab ich kleinlaut zu.

Er öffnete die Blechdose und roch an den Keksen. „Die riechen gut. Danke.“

„Wo warst du denn heute schon so früh?“, wollte ich wissen.

„Einen Kontrollgang machen.“

„Einen was?“

„Viele Menschen schauen sich die Gleise bei Tag an, bevor sie dann abends im Schutz der Dunkelheit… Du weißt schon.“

Ich senkte betreten den Blick und nickte. „Warum machst Du das überhaupt?“, fragte ich.

„Weil ich es tun MUSS“, antwortete er und wollte gerade im Haus verschwinden.

„Nein, warte doch. Entschuldige, das geht mich nichts an. Können wir uns nicht noch ein bisschen unterhalten?“, schlug ich vor, setzte mich wieder auf die Decke und zeigte mit der Hand auf den Platz neben mir. Ich schaute zu ihm hinauf und setzte meinen hilflosesten Blick auf, um ihn zu erweichen. Ein

Lächeln huschte mir übers Gesicht, als er sich zu mir setzte. Er roch nach Wald und Pfefferminz.

„Aber nur unter einer Bedingung", sagte Gabriel.

Ich konzentrierte mich auf seine schön geschwungenen Lippen.

„Keine Fragen mehr zu meiner Aufgabe und warum ich das tue."

Ich willigte ein, ich hätte ihm vermutlich alles versprochen. „Und deine Familie hat in dieser kleinen Hütte gelebt?

„Nein, das war ihr Arbeitsplatz. Meine Großeltern lebten in einem richtigen Haus, mit ihren drei Kindern. Sie hatten Strom, Telefon, aber kein fließendes Wasser."

„Und warum wohnst Du nicht dort, da hättest Du doch viel mehr Platz und eine Heizung, oder?"

„Das Haus gibt es schon lange nicht mehr. Meine Großeltern lebten dort, bis mein Vater zehn Jahre alt war, dann vermieteten sie das Haus an Kanadier. Von dem Geld bauten sie ein neues Haus im Ort. Einige Jahre später wurde das Haus im Wald dann abgerissen, als der Beruf des Bahnwärters durch moderne Technik ersetzt wurde und mein Großvater in Rente ging."

„Das muss sehr schön gewesen sein für deinen Vater und seine Geschwister, im Wald aufzuwachsen."

„Ja, sie lebten wie in einer anderen Zeit. Mit zwei Kühen, sechs Schweinen, über dreißig Hühnern, Hasen und vielen streunenden Katzen."

„Das war sicher auch oft beschwerlich, oder?"

„Ja, mein Vater musste schon in jungen Jahren bei der Feldarbeit helfen oder auch mit einem Karren, vor den eine Kuh gespannt war, Waren aus dem Dorf holen. Das Wasser musste man aus einem Brunnen vor dem Haus holen. Besonders wenn Badetag war, mussten etliche Eimer mit Wasser in die Stube getragen werden, wo meine Großmutter dann das Wasser in der Wanne erhitzte."

„Und wo wohnen deine Eltern jetzt?", fragte ich neugierig.

Gabriel seufzte. „Erzähl doch lieber mal etwas über dich."

Ich schluckte. War dies nun der Zeitpunkt, an dem ich ihm alles erzählen sollte? Irgendetwas hielt mich zurück, ich hatte Angst mit meinem Bekenntnis unseren innigen Moment zu beenden. „Ich lebe bei meinen Eltern, in einem Zimmer, über ihrer Garage."

„Ach ja, warum denn das?"

„Na ja, mein Vater würde wohl sagen, ich bin meinen Träumen zu lange nachgerannt und bin nie ans Ziel gekommen. Seit ich denken kann, wollte ich immer Journalistin werden, was aber nicht so einfach war. Weil ich keinen Ausbildungsplatz fand, zwangen mich meine Eltern

Verwaltungsfachangestellte zu werden. Ja, ich weiß, sie meinten es nur gut. Nach der Lehre wurde ich übernommen und habe ganz gut verdient. Ich hatte eine eigene Wohnung hier im Dorf.“ Ich schaute zu Gabriel hinüber, der mir noch immer interessiert zuhörte. „Aber jeder Tag war eine Qual, ich hab mich in der Zeit selbst verloren, ich war einfach nicht glücklich. Von einem auf den anderen Tag hab ich dann alles hingeschmissen und als Volontär bei einer Zeitung angefangen. Das gute Gehalt war damit natürlich hin und ich musste die Wohnung aufgeben. Meine Eltern haben mir dann mein altes Jugendzimmer angeboten, obwohl sie sehr sauer waren und mich nicht verstanden haben. In ihren Augen hatte ich doch alles und es fehlte mir an nichts.“ Eine Träne glitzerte in meinem Augenwinkel. Es war mir, als wollte Gabriel sie abwischen, tat es dann aber doch nicht.

„Und wie geht es dir jetzt damit? Bist Du jetzt glücklicher?“, fragte er.

„Na ja, ich mag die Arbeit, aber ich bekomme nur Hilfsjobs und ein festes Gehalt wäre schon auf Dauer wichtig, damit ich wieder alleine auf eigenen Füßen stehen kann“, erklärte ich. „Die bekomme ich aber nur, wenn ich meinem Chef eine besondere Geschichte liefere.“

Gabriel schaute mich misstrauisch an. Er rückte etwas von mir ab.

Ich schluckte, es musste jetzt einfach raus. „Ich dachte da an dich. Deine Geschichte, dein Einsatz, dein Mut etwas verändern zu wollen“, versuchte ich zu erklären.

Gabriel schoss von der Decke hoch, ich tat es ihm gleich und stand ebenfalls auf.

„Ist das dein Ernst? Du willst mich in deiner Zeitung vorführen?“

„Nein, nur vorstellen, das ist doch was Gutes“, versuchte ich zu erklären. „Du bist ein Vorbild für so viele Menschen. Wenn ich nur ein Foto von Dir machen dürfte, hier vor dem Bahnwärterhaus“, bat ich.

Gabriel schüttelte den Kopf. „Ich bin sicherlich kein Vorbild für irgendjemanden!“,rief er außer sich und verschwand im Wald.

Obwohl ich geahnt hatte, dass Gabriel genauso reagieren würde, war ich trotzdem schockiert. Jetzt würde er mich sicher nicht mehr empfangen, geschweige denn eine Unterhaltung mit mir führen wollen. Ich hasste mich dafür, aber da ich sicher war, dass ich das letzte Mal die Chance hatte das Bahnwärterhaus von innen zu sehen, ging ich nach drinnen, um unbeobachtet Gabriels Habseligkeiten durchzusehen. Die meisten Sachen kannte ich schon. In der Truhe waren nicht nur wenige Kleidungsstücke, sondern ebenfalls eine Packung Zwieback und eine Teedose. Ich öffnete diese und mir schlug der Geruch von frisch gepflückten Pfefferminzblättern entgegen. Nun wusste ich, warum es in der Hütte immer danach roch. Ich kramte weiter und fand ganz unten auf dem Boden der Truhe fünf kleine Kalenderbücher. Ich ordnete sie nach Jahreszahlen, sie deckten die letzten fünf Jahre ab. Das musste die Zeit sein, in der Gabriel seine Aufgabe begonnen hatte. Ich blätterte in den Büchern und wunderte mich, dass darin keine Notizen oder Termine notiert waren. Stattdessen klebten getrocknete blaue Kornblumen und vereinzelte rote Mohnblumen auf den Seiten der Bücher. Gabriel musste diese im nahegelegenen Feld gesammelt und dann getrocknet haben, aber was hatte dies zu bedeuteten? Ich machte Fotos von den Büchern und von einigen Seiten mit den Blumen. Sowie von der Truhe und seinem restlichen Mobiliar. Ich räumte wieder alles feinsäuberlich zurück an seinen Platz. Was machte ich hier eigentlich? Wäre ich wirklich so abgebrüht, den Artikel ohne Gabriels Zustimmung zu schreiben und zu veröffentlichen? War mir diese Festanstellung wirklich so wichtig? Ich sank erschöpft in den Sessel. Wenn ich zuerst gedacht hatte, ich könnte nichts verlieren, wurde mir nun klar, dass ich das Wertvollste verlieren würde: Eine Freundschaft, vielleicht noch mehr.

Ich erschrak, als Gabriel plötzlich wieder vor mir stand. Irrte ich mich, oder war seine Wut etwas verflogen? Seine Gesichtszüge waren etwas weicher geworden.

„Nina, es tut mir leid, ich hab vielleicht überreagiert. Ich bitte dich darum, den Artikel nicht zu schreiben“, sagte er und kam einen Schritt auf mich zu. Er warf einen Blick auf seine Truhe und sein Blick wurde starr und düster. „Warst Du an meinen Sachen?“

„Ich, äh …“, ich wusste nicht, was ich sagen sollte. Meine Schuld war offensichtlich.

Gabriel ging zu der Truhe und nahm eines der Kalenderbücher heraus und hielt es mir unter die Nase. „Hast Du hineingeschaut?“, fragte er wütend.

Ich nickte.

Er schlug eine beliebige Seite auf. „Siehst du das?“

„Ja, was bedeuten die Blumen?“

„Die blauen Kornblumen stehen für die Menschen, die ich an diesem Tag gerettet habe.

„Und die roten Mohnblumen, für die Menschen die Du nicht…“, kombinierte ich und verstand während ich ein paar Tränen hinunter schluckte.

„Verstehst Du jetzt, warum meine Arbeit so wichtig ist und du den Artikel nicht schreiben darfst?“

Natürlich verstand ich das. Ich wollte nicht, dass noch mehr Mohnblumen in dieses Buch geklebt wurden. Ich ging auf Gabriel zu und legte meine Arme um ihn. Er bückte sich ein wenig und legte ebenfalls seine Arme um mich. Seine

Haare waren weich, er roch wie üblich nach Pfefferminz. Ich vergrub mein Gesicht darin und flüsterte ihm ins Ohr. „Ich verspreche Dir, dass ich keinen Artikel über dich schreiben werde, ich werde niemandem mehr von Dir erzählen."

Kapitel 8

Am Nachmittag war ich wieder zu Hause angekommen. Bevor ich meinen Eltern Bericht erstattete, verkroch ich mich in meinem Zimmer. Wie konnte ich ihnen unter die Augen treten, sie erwarteten Leistung von mir. Was sollte ich meinem Chef sagen? Er hatte bereits zwei Nachrichten auf meinem Handy hinterlassen, fragte immer wieder wann das Interview stattfinden könne und wann er die Bilder bekommen würde. Wehmütig schaute ich mir noch einmal die aufgenommenen Fotos auf dem Handy an, bevor ich sie löschte. Ich beschloss, mir erst am nächsten Morgen Gedanken zu machen, wie ich meine Probleme lösen könnte und legte mich schlafen.

Mit tiefen Ringen unter den Augen saß ich dann ein paar Stunden später mit meinen Eltern am Frühstückstisch, ich hatte kaum Schlaf gefunden. Ich erzählte meinen Eltern mit fester Stimme von Gabriel und meinem Versprechen die Fotos nicht zu veröffentlichen.

„Wann soll ich ausziehen?“, fragte ich und wartete auf ein Donnerwetter.

Mein Vater schob seine leere Kaffeetasse zur Seite und verschränkte die Arme vor seiner Brust. Meine Mutter setzte ein Lächeln auf und schaute zu meinem Vater hinüber. Der verstand nicht.

„Kann es sein, dass Du dich in Gabriel verguckt hast?“, fragte mich meine Mutter kichernd.

„Ich glaub ja immer noch, dass es den Typen gar nicht gibt und dann heißt der auch noch wie ein Engel, das hört sich für mich wie ein Märchen an“, sagte mein Vater.

„Aber Norbert, hör doch jetzt auf“, schimpfte meine Mutter Thea und boxte ihren Gatten in die Seite.

„Ja, ich mag ihn“, antwortete ich.

„Wann stellst Du ihn uns denn vor?“, wollte meine Mutter wissen.

„Das ist noch ein bisschen zu früh. Ich möchte ihn nicht bedrängen“, gab ich zurück.

„Was ist denn nun mit dem Ausziehen?“, hakte ich nach.

„Dann musst Du halt was anderes machen. Glaubst Du vielleicht, dass dein Boss dich noch bei der Zeitung arbeiten lässt, wenn Du ihn so enttäuschst?“, gab mein Vater zurück.

„Nein, wohl eher nicht“, erkannte ich. Wie auf Bestellung klingelte plötzlich mein Handy und ich nahm das Gespräch an. Kurz darauf legte ich auf.

„Und wer war es?“, fragte meine Mutter.

„Mein Chef, er sagt, wenn ich heute Nachmittag nicht in der Redaktion erscheine, wirft er mich sofort raus“, erklärte ich betrübt.

Noch nie hatte ich die Luft in der Redaktion so stickig empfunden, wie an diesem Tag. Als ich den Flur entlang ging, fühlte ich mich wie auf dem Weg zur Hinrichtung. Ich kam vor Rüdigers Büro an, Tamara kam gerade heraus und hielt mir mit einem Grinsen die Türe auf. Ich lächelte gequält zurück und setzte mich auf den Stuhl vor Rüdigers Schreibtisch.

„Hast Du was für mich?“, fragte mein Chef erwartungsvoll.

„Nein, hab ich nicht“, antwortete ich leise.

„Und warum nicht? War ich nicht deutlich genug? Ich wollte die Fotos bis Freitag. Und was ist heute?“

„Freitag“, gab ich kleinlaut zurück.

„Es tut mir leid Rüdiger. Der Bahnwärter möchte nicht, dass wir über ihn schreiben und keinesfalls will er, dass Fotos von ihm veröffentlicht werden“, erklärte ich.

„Ach, das ist doch sicher nur eine Frage des Geldes“, rief mein Boss.

„Nein, er macht sich nichts aus Geld. Wir sollten seinen Wunsch respektieren“, bat ich ihn.

„Wenn Du nicht in der Lage bist, die Fotos herbeizuschaffen, werde ich jemanden schicken, der seinen Job besser macht“, rief er und zeigte auf die Tür seines Büros.

„Was meinst Du damit?“, wollte ich wissen.

„Hermann und Tamara sind auf dem Weg zum Bahnwärterhaus; ich habe ihnen deine Karte gegeben. Ich werde die Fotos im Null Komma nix auf dem Tisch haben“, erklärte er, stand auf und warf mich aus seinem Büro.

Mit stockte der Atem, ich musste schleunigst zu Gabriel und ihn vorwarnen. Er würde sicher denken, dass ich mein Versprechen gebrochen hatte.

Als ich in die Nähe der Gleise kam, erkannte ich Tamara in einem dunkelblauen Hosenanzug. Sie war wenigstens so schlau gewesen ihre Stöckelschuhe gegen ein Paar Turnschuhe zu tauschen, während sie jedes Gebüsch in der Nähe absuchte. Hermann ging laut schimpfend die Gleise entlang und raufte sich die grauen Haare. Ich versteckte mich hinter einer Hecke.

„Wo soll dieses Bahnwärterhaus genau sein? Dieser Plan mach überhaupt keinen Sinn!“

Hermann ging zu Tamara und nahm ihr die Karte ab.

„Keine Ahnung, hier muss es irgendwo sein.“

„Wie lange sollen wir hier noch im Wald rumlatschen?“, maulte Tamara.

„Bis wir die Bilder von diesem Typen haben oder willst du Rüdiger ohne Fotos unter die Augen treten?“, schimpfte Hermann.

Tamara und Hermann fotografierten alles, was ihnen vor die Nase kam. Nach zwei Stunden gaben sie auf und verließen den Wald, weil es inzwischen dunkel geworden war.

Ich wartete bis beide verschwanden und steuerte das Bahnwärterhaus an. Nachdem sie mit dem Auto davongefahren waren, hörte ich in der Nähe eine Feuerwehrsirene oder war es auch die Polizei? Tatsächlich sah ich von weitem die flackernden Lichter, was war hier geschehen?

Kurz darauf kam ich bei Gabriel an, er war gerade dabei die Plane von seiner Hütte zu entfernen. Er würdigte mich keines Blickes.

„Was ist passiert?“, fragte ich verunsichert.

Gabriel antwortete nicht und ging in sein Haus.

Ich folgte ihm und blieb an der Türschwelle stehen. Er bückte sich nach der Truhe, zog eines seiner Bücher heraus und eine kleine Schachtel in dem er getrocknete Blüten aufbewahrte. Ich hielt den Atem an, als er eine der roten Mohnblüten herauszog und sie schweigend beim heutigen Tag aufklebte. Ich verstand.

Gabriel würde mir heute nicht mehr zuhören, da war ich ganz sicher. Vermutlich würde er mir nie wieder zuhören. Ich machte mich auf den Nachhauseweg.

Diese Nacht hatte ich mich in den Schlaf geweint. Ich war schuld, dass Tamara und Hermann in der Nähe des Bahnwärterhauses rumgeschnüffelt hatten. Zu meinem Glück war meine Karte sehr ungenau gewesen und ich hatte auch nichts von Gabriels Tarnzaun vermerkt. Sie hatten ihre Bilder also nicht bekommen und auch nicht den Bahnwärter angetroffen. Dieser hatte sich im Wald versteckt und somit auch nicht mitbekommen, dass ein Mensch seine Hilfe gebraucht hätte. Sicher saß er jetzt vor Schuld zerfressen im Dunkeln auf den Gleisen. Ich musste eine Lösung finden, damit Gabriel wieder seiner Aufgabe nachgehen konnte.

Am nächsten Morgen stand ich schon früh vor der Redaktion. Ich wollte vor Hermann und Tamara dort sein. Ich gab vor in Hörweite von Rüdigers Büro ein paar alte Akten zu sortieren. Beide schlichen kurz nach neun Uhr zu unserem Chef.

„Da seid ihr beiden ja, zeigt mal was ihr habt?", rief der Boss freudig.

Hermann legte einige Fotos von Bahngleisen, Büschen und Bäumen auf den Tisch. Sogar einen Igel und eine Weinbergschnecke hatte er abgelichtet.

Rüdigers Gesicht verfärbte sich in einen blassen Rotton. „Was soll das denn bitte sein?"

„Na ja, wir haben das Haus des Bahnwärters nicht gefunden. Und es wurde so schnell dunkel, da sieht doch alles gleich aus", erklärte Tamara ängstlich.

„Wie bitte? Das kann doch nicht so schwer sein eine Hütte im Wald und seinen Bewohner zu finden. Oder ist der Kerl ein Geist?", brüllte Rüdiger wütend.

Hermann wollte sich gerade rechtfertigen, als ich mit einem großen Umschlag in Rüdigers Büro kam.

„Guten Morgen Chef, hier sind die versprochenen Fotos", erklärte ich und legte viele verschiedene Fotos auf den Tisch. Sie zeigten einen kleinen Raum mit nur einem Fenster. Der Boden war voller leerer Wodkaflaschen und unzähligen Bierdosen. Auf einem anderen Bild sah man Spritzen und Plastikgeschirr. In einer Ecke stand ein Eimer, der offensichtlich als Toilette missbraucht worden war. Taubenkot bedeckte die Fensterbank.

Mein Chef, Tamara und Hermann verzogen das Gesicht. Tamara schüttelte sich angewidert. Alle schauten mich verwundert an.

„Woher hast du diese Fotos?", wollte Hermann wissen.

„Ich hab doch gesagt, dass ich sie beschaffen werde. Ich musste nur warten, bis der Typ weg war. Und Rüdiger, du hattest übrigens Recht."

„Mit was?", fragte mein Chef.

„Er ist ein verwirrter Alkoholiker, vermutlich hat er von den Drogen Halluzinationen bekommen und ist deshalb auf den Gleisen rumgeirrt. Manche hielten ihn wohl für den Messias persönlich, dabei war er nur high“, erzählte ich abgeklärt.

„Dass er keine Leben retten kann habt ihr ja gesehen. In der letzten Nacht hat sich eine junge Frau vor den Zug geworfen und keine Spur von ihm“, sagte ich.

Alle nickten betreten.

„Also, wenn ihr mich fragt, sollten wir lieber die Finger von dieser Story lassen, da machen wir uns doch nur lächerlich. - Alkoholisierter Penner gibt sich als Schutzengel aus - das macht sich sicher nicht gut auf der Titelseite“, fügte ich zu.

Rüdiger stimmte mir zu und warf die Fotos in den Mülleimer.

„Dann habe ich auch keine Verwendung mehr für dich“, presste er zwischen zusammengebissenen Zähnen hervor.

Kapitel 9

Ich packte scheinbar geschockt meine wenigen Habseligkeiten zusammen, verließ schweigend das Büro und ging mit einem Lächeln aus der Redaktion. Warum konnte ich lächeln, hatte ich da nicht gerade meinen Traumjob verloren? Meine Festanstellung bei der Dorfzeitung war somit für immer erledigt, vermutlich würde Rüdiger auch dafür sorgen, dass ich im gesamten Umkreis bei keiner Zeitung eine Anstellung mehr bekam. Trotzdem fühlte ich mich so befreit und glücklich wie lange nicht mehr.

Bevor ich nach Hause ging, machte ich einen Abstecher zu Gabriels Haus. Ich rechnete nicht damit ihn anzutreffen. Ich schob einen vorbereiteten Umschlag unter seiner Türe durch und verließ den Wald schnell wieder.

Die nächsten folgenden Tage verbrachte ich damit, die Stellenanzeigen durchzuarbeiten, was sich sehr schwierig gestaltete, da ich keine Ahnung hatte, was ich eigentlich in Zukunft tun wollte. Immerhin half ich meinen Eltern jeden Tag ein paar Stunden im Garten und machte mich so etwas nützlich. Das Thema Ausziehen war vorerst auf Eis gelegt.

Ich hatte Gabriel schon seit einer Woche nicht mehr gesehen und vermisste ihn. Wollte er mich überhaupt noch einmal sehen? Hatte er meinen Brief gelesen oder einfach zerrissen? Ich würde es nur herausfinden, wenn ich meinen ganzen Mut zusammennahm und ihn aufsuchte.

Langsam nahm der Herbst Einzug in unserem Dorf. Raschelndes Laub federte meine Schritte im Wald ab. Ein Eichhörnchen kreuzte meinen Weg und zauberte mir ein Lächeln ins Gesicht. Es waren noch circa fünfzig Meter bis zum Bahnwärterhaus. Von weitem sah ich eine Gestalt mit Kapuze, eindeutig Gabriel. Er winkte mir zu.

Mit einem mulmigen Gefühl näherte ich mich ihm, doch er lächelte als ich schließlich vor ihm stand. Er reichte mir die Hand und bat mich in seine Hütte.

„Hallo Nina“, sagte er und bat mir den Platz in seinem Sessel an.

„Du bist lange nicht hergekommen“, stellte er fest und setzte sich mir gegenüber auf seinen Stuhl.

„Ich hab mich nicht getraut“, gab ich zu.

„Ich habe deinen Brief gelesen“, sagte er.

„Was sind das für Fotos, die Du mir gebracht hast?“

„Das sind die Bilder, die ich meinem Chef gegeben habe“, erklärte ich.

„Aber, die sind ja gar nicht aus meinem Haus“, stellte er fest.

„Ja, eben. Die sind aus einem alten Bauwagen, der schon seit Jahren als Drogenumschlagplatz missbraucht wird, irgendwo im Industriegebiet“, grinste ich.

„Das heißt, dein Chef wird niemanden mehr hierherschicken?“

„Nein, sicher nicht. Ich habe meine Kollegen davon überzeugt, dass der Bahnwärter ein irrer, drogenabhängiger Penner ist und wir uns mit der Veröffentlichung seiner Geschichte nur blamieren würden.“

Gabriel schaute mich entgeistert an. „Wie bitte?“

„Tut mir leid, ich musste in der Redaktion Lügen über dich erzählen, damit sie dich in Ruhe lassen. Das verstehst Du doch, oder?“

„Klar, damit kann ich leben. Aber, was ist mit deinem Traum, der Festanstellung bei der Zeitung?“

„Ist futsch, ich wurde gekündigt“, sagte ich leise.

Gabriel rutschte mit seinem Stuhl ganz nah zu mir und musterte mein Gesicht. Was hatte er vor? Es kribbelte in meinem Bauch.

„Du hast für mich deine Zukunft aufgegeben?“, fragte er besorgt.

Ich verfolgte seine Hand, die mir eine Haarsträhne aus dem Gesicht strich. Mir wurde heiß und kalt dabei.

„Nein, meine Zukunft fängt jetzt erst an. Und Du bist mir einfach viel wichtiger als irgendein Job“, antwortete ich ihm.

Seine Augen funkelten und visierten meinen Mund an. Gabriel beugte sich zu mir und küsste mich zärtlich auf die Lippen. Ich erwiderte den Kuss und zog ihn näher zu mir. Wir lächelten uns an wie zwei verliebte Teenager.

„Das heißt, Du hast jetzt erstmal reichlich Freizeit?“, fragte er.

„Sieht so aus“, sagte ich verlegen.

„Wollen wir morgen früh ein bisschen spazieren gehen? Ich könnte Dir zeigen, wo meine Familie früher im Wald gewohnt hat“, schlug er vor.

„Warum nicht jetzt“, fragte ich ungeduldig.

„Es wird bald dunkel, ich muss zu den Schienen“, gab er zurück.

Wir standen beide auf und wären dabei fast zusammengestoßen. Ich kicherte verlegen. Gabriel zog mich noch einmal an sich und nahm mich in den Arm. Ich genoss seine Wärme und wollte ihn am liebsten gar nicht mehr loslassen. Doch er löste kurz darauf unsere Umarmung, zog seinen Mantel an und führte mich nach draußen. Er begleitete mich noch ein paar Schritte, bis wir uns schließlich an den Bahngleisen trennten und jeder seines Weges ging.

Ich konnte kaum den nächsten Morgen abwarten. Gabriel wartete bereits mit einer Tasse Pfefferminztee vor seiner Hütte auf mich. Nachdem wir einen heißen Tee genossen hatten gingen wir zusammen in den Wald. Gabriel kannte sich mit allen Bäumen, Kräutern und den vielen Waldbewohnern aus und beantwortete geduldig meine Fragen. Nachdem wir schon eine Weile unterwegs waren, hielten wir an und Gabriel zeigte auf ein großes Feld.

„Hier stand einmal das Haus meiner Familie", erklärte er.

„Lass uns doch ein bisschen hierbleiben", schlug ich vor.

Ich hatte eine Decke dabei und breitete sie nun hinter einer Hecke aus, damit wir es uns gemütlich machen und nicht vom Feldweg aus gesehen werden konnten. Gabriel legte sich auf den Rücken und streckte einen Arm von sich, um mich an sich zu ziehen. Er erzählte mir eine Geschichte über seinen Vater, der als zehnjähriger Pimpf eines mittags von seinen Eltern zum Kohleholen geschickt wurde. Es wurden zwei Kühe vor einen großen Holzkarren gespannt, er saß auf dem Kutschbock. In der Nähe der Dorfkirche war der Kohlehandel. Zusammen mit dem Händler wurden dann die Kohlebriketts aufgeladen, die für ein ganzes Jahr reichen sollten. Als alles aufgeladen war, machte sich sein Vater wieder auf den Nachhauseweg. Als er dann mit dem Karren die Bahngleise überquert hatte, hupte plötzlich ein Zug, die

Kühe erschraken und rannten auf und davon. Sie türmten und zogen den großen Karren mitsamt Kohlebriketts und seinem Vater in einen Acker. Der war so matschig, dass der Wagen sich festfuhr und sich kein Stück mehr bewegte. Der Vater rannte zu Gabriels Großvater, der gerade seinen Dienst an den Bahngleisen verrichtete, und erzählte ihm von dem Fiasko. Großvater reagierte verständnisvoll und es blieb ihnen nichts übrig, als mit einem kleinen Anhänger die Kohlebriketts nach und nach zum Haus zu schaffen, was sehr lange dauerte und sehr anstrengend war. Nachdem der Karren geleert war, war er leicht genug, dass er endlich wieder aus dem Acker gezogen werden konnte und die Kühe wurden in den Stall gebracht. Wir lachten zusammen über die Geschichte und ich drückte mich an Gabriels Brust.

„Du weißt nicht, wie oft ich mir diese Anekdote schon anhören musste“, schmunzelte er.

„Hast Du noch Kontakt zu deinen Eltern?“, fragte ich vorsichtig.

Gabriel drehte den Kopf zu mir. „Nein.“

„Und warum nicht, was ist geschehen?“

„Sie wollen es nicht, sind weggezogen“, sagte er knapp.

Hatte ich schon wieder einen wunden Punkt getroffen, war Gabriel wieder kurz davor, vor mir davon zu rennen? Zu gerne hätte ich Gabriel näher kennengelernt und verstanden, warum er so geworden war, wenn er mich nur lassen würde. Wir schwiegen ein paar Minuten und hörten den Vögeln zu.

„Komm lass und zu Dir gehen, es wird langsam frisch“, sagte ich und wir standen auf. Ich steckte die Decke wieder in meinen Rucksack und wir gingen Hand in Hand zurück zum Bahnwärterhaus.

Als wir dort ankamen standen zu meiner Überraschung zwei volle Einkaufstüten vor der Hütte. „Was ist das?“, fragte ich entgeistert.

„Mein Proviant“, antwortete Gabriel, bückte sich und trug die Taschen ins Innere seiner Hüte.

„Aber, du gehst doch nie einkaufen, oder?“

„Nein, das ist ein Lieferdienst“, sagte er knapp.

„Aber, ich dachte niemand kennt deine Identität?“ Ich war verwirrt und setzte mich auf Gabriels Bett.

„Ich treffe meinen Lieferanten auch nicht persönlich, es wird einfach hier abgestellt, einmal im Monat.“

„Und wie bezahlst Du es?“

„Ich hab Paypal“, antwortete er und verstaute Brot, Zwieback, Obst, Milch und diverse Konserven in seiner Truhe und in seinem Mini-Kühlschrank. Gabriel lachte über mein erstauntes Gesicht.

„Dachtest Du, dass ich mich von Blättern und Insekten ernähre oder was?“

„Nein, natürlich nicht. Ich hab mir ehrlich gesagt noch keine Gedanken darüber gemacht“, gab ich zu.

Gabriel setzte sich zu mir auf seine Matratze. „Ist ja auch unwichtig.“

„Von was lebst Du denn?“, fragte ich weiter.

„Hab was angespart“, sagte er und legte einen Arm um mich.

Bevor ich ihn weiter ausfragen konnte, drückte mir Gabriel einen Kuss auf den Mund. Nicht aus Romantik, sondern um weiteren Fragen zu entgehen, war ich mir sicher. Gabriel war ein Buch mit sieben Siegeln, aber ich konnte nicht anders, als es erst einmal zu akzeptieren, er erfüllte so viele Sehnsüchte in mir. Langsam legte er sich auf die Matratze und ich tat es ihm gleich. Er zog sich den Pullover über den Kopf und wartete auf meine Reaktion. Lächelnd knöpfte ich meine Bluse auf. Dies würde unsere erste gemeinsame Nacht werden.

Gabriel verschwand noch in der Nacht auf den Gleisen und ließ mich alleine zurück. Obwohl ich seine Aufopferung immer noch beeindruckend fand, fühlte ich mich einsam.

Ich war etwas verstimmt, als er erst im Morgengrauen wieder auftauchte.

„Guten Morgen“, sagte er.

„Du bist ja schon wach“, stellte er fest.

„Ich bin schon seit Stunden wach, du hast mich ja schließlich alleine gelassen, da konnte ich nicht mehr schlafen.“

„Du weißt doch, um was ich mich kümmern musste", sagte er ruhig.

„Ja, das weiß ich, aber Du kannst doch nicht jeden retten. Du hast doch auch noch ein Leben."

„Es ist meine Pflicht, Du kannst das nicht verstehen."

„Nein kann ich nicht, weil du es mir nicht erklärst", gab ich zurück.

„Ich dachte, wir sind uns einig, dass wir darüber nicht reden", sagte er.

„Und ich dachte, wir sind über diesen Punkt so langsam darüber hinaus!", stieß ich hervor.

„Du schon, aber ich nicht", brummte Gabriel.

Er machte sich einen Kaffee, nahm einen Teller mit Zwieback und setzte sich mit einem Stuhl vor seine Hütte.

Wollte ich wirklich zu viel? Wenn ich mich für Gabriel interessierte, musste ich dann nicht alles über ihn wissen. Aber was wusste ich denn überhaupt über ihn? Vielleicht war er ein Serienkiller, dessen kompletten Namen ich nicht einmal kannte. Geschweige denn etwas über seine Vergangenheit. Womöglich versteckte er sich hier vor irgendwas oder irgendjemanden. Wäre ich bei klarem Verstand gewesen, wäre ich vermutlich davongelaufen, aber es war zu spät, ich hatte mich verliebt. Würde er irgendwann Vertrauen zu mir fassen und mir mehr von sich erzählen? Hatte ich die Geduld, darauf zu warten? Wohl eher nicht.

Gabriels Mantel hing wie immer neben der Tür. Ich versicherte mich, dass Gabriel mit seinem Frühstück beschäftigt war und durchsuchte seine Taschen. Tatsächlich fand ich in der Innentasche einen Personalausweis. Ich zog ihn heraus und machte schnell ein Foto davon mit meinem Handy.

„Willst Du auch was frühstücken?“, fragte Gabriel.

„Äh, ja klar“, antwortete ich und steckte schnell den Ausweis wieder zurück in die Innentasche des Mantels.

Die Sonne schickte schon ihre Strahlen zu uns herunter und wärmte mein Gesicht. Ich wollte mich nicht im Streit von Gabriel verabschieden und nahm deshalb eine Tasse Kaffee und ein Stück Zwieback zu mir, bevor ich wieder nach Hause ging. Kaum war ich außer Sichtweite des Bahnwärterhauses schaute ich mir das Foto des Ausweises genauer an. Ich erkannte Gabriel auf dem Foto, nur seine Haare waren viel kürzer als jetzt. Ich las den Namen „Gabriel Feldmann“ auf seinen Papieren. Meine Neugier ließ mir keine Ruhe, ich würde diesem Geheimnis das, Gabriel mit sich trug, auf den Grund gehen müssen. Ob das meinem grenzenlosen Wissendurst oder meiner Zuneigung zu Gabriel geschuldet war, musste ich erst selbst noch herausfinden.

Kapitel 10

Meine Eltern bemerkten, dass ich zwar verliebt, aber dennoch nicht zufrieden war.

Völlig in meinen Gedanken versunken, stand ich am nächsten Tag mit meinem Vater im Garten und harkte das Laub zusammen. Zuvor hatte ich ihm geholfen, die Hecken zu schneiden, wobei ich die Leiter hielt und abgeschnittene Blätter und Äste mit dem Schubkarren abtransportierte. Da sich mein Talent bei der Gartenarbeit in Grenzen hielt, war mein Vater der Meinung, dass eine Heckenschere nicht in meine Hände gehörte, ich gab ihm recht. Weil ich meine Eltern nicht anlügen wollte, wo ich die meiste Zeit des Tages verbrachte, erzählte ich ihnen von Gabriel und dass ich damit zu kämpfen hatte, dass er einiges vor mir verbarg. Eigentlich hatten mir meine Eltern ja ein Ultimatum gestellt und ich versuchte auch wirklich eine geeignete Arbeitsstelle zu finden, aber ich war einfach zu sehr abgelenkt wegen Gabriel.

Mein Vater in dreckiger Gartenhose und gemusterten Pullover stieß mich an, als er mich auf einen Rechen gestützt, aus meinen Gedanken riss.

„Was ist denn los, Nina?“, fragte er.

Ich fühlte mich ertappt „Ach, mir geht das mit Gabriel nicht aus dem Kopf und dass ich unbedingt rausfinden muss, wo seine Familie abgeblieben ist.“

„Wir haben noch ein altes Heimatbuch im Wohnzimmer im Schrank stehen. Soweit ich mich erinnere war darin ein Foto von dem alten Bahnwärterhaus und der Familie, die dort wohnte“, erklärte er lächelnd.

„Wirklich? Das ist ja toll“, rief ich, ließ den Rechen fallen und flitzte ins Haus, um nach dem Buch zu suchen.
Meine Mutter, die gerade mit dem Kochen des Mittagessens beschäftigt war, schaute auf als sie mich im Wohnzimmer poltern hörte.

„Suchst Du was?“

„Unten rechts“, sagte mein Vater, der mir ins Haus gefolgt war.

Ich ging auf die Knie und fand tatsächlich weiter unten im Schrank ein bräunliches, großes Buch, auf dem die Lettern „Heimatbuch“ standen. Vorsichtig zog ich es heraus und legte es behutsam auf den Tisch. Ich blätterte in dem Buch bis ich zur Ortschronik unseres Dorfes kam. Da war es, das alte Bahnwärterhaus, davor ein alter Mann mit Mütze und Hosenträgern. Er lächelte nicht in die Kamera, schaute eher ernst oder pflichtbewusst. Das war Gabriels Großvater. Ein anderes Foto zeigte das Wohnhaus im Wald, mit Scheune,

Kuhstall und drei spielenden Kindern im Garten. Laut Bildunterschrift handelte es sich um die Kinder des Bahnwärterehepaares, also Gabriels Vater und dessen Geschwister. Hier standen auch die Namen der Eltern: Karl und Gesa Feldmann. Dies war eine weitere Spur auf der Suche nach Gabriels Vergangenheit.

Aufgeregt ging ich am nächsten Morgen zum Bahnwärterhaus. Gabriel empfing mich wie üblich mit Kaffee. Ich hatte eine Kopie von den Fotos im Heimatbuch mitgebracht und legte sie freudig vor Gabriel. Überrascht schaute er sich die Fotos an und bedankte sich höflich.

„Das ist aus dem Heimatbuch“, erklärte ich.

„Ich dachte, ich bringe sie dir mal mit“, fügte ich zu. Frech nahm ich einfach auf Gabriels Schoß Platz und nahm ihm das Foto aus der Hand.

„Wer sind die Kinder auf dem Foto?“, wollte ich wissen.

Gabriel zeigte mit dem Finger auf die Personen, das ist mein Vater, das seine große Schwester und das da hinten der kleine Bruder.

„Und das da?“ Ich zeigte auf ein großes Gebäude neben dem Haus.

„Das ist die Scheune und neben dem Wohnhaus stand der Kuhstall“, antwortete er. Gabriel schien plötzlich bedrückt.

„Was ist denn?“, fragte ich besorgt.

„Es ist nur, mein Onkel, der kleine Bruder meines Vaters, hat mir von einem schlimmen Unglück auf unserem Hof erzählt. Ein Brandstifter hatte wochenlang im Umkreis Bauernhöfe angezündet. In einer lauen Sommernacht zündete dieser Feuerteufel unsere Scheune an. Die Familie schlief fest im Haus und bemerkte das Feuer nicht. Gäste, die aus dem Gasthaus in der Nähe kamen, sahen das helle Licht und riefen die Feuerwehr. Zudem hatten Lokführer, die am Haus vorbeifuhren, ebenfalls das riesige Feuer gesehen und es gemeldet. Die Menschen liefen in den Wald und klopften an die Fensterläden, um meine Familie aufzuwecken. Die Feuerwehren aus den umliegenden Dörfern eilten herbei, aber weil die Schranke geschlossen war und mehrere Züge angefahren kamen, konnten die Retter nicht zum Hof über die Gleise fahren. Sie konnten dem Feuer minutenlang nur zuschauen und waren nicht in der Lage zu helfen. Minuten fühlten sich wie Stunden an. Die Scheune brannte inzwischen lichterloh. Nun war es wichtig, das Wohnhaus zu retten und den angrenzenden Kuhstall mit Wasser zu kühlen, um ein Übergreifen der Flammen zu verhindern. Die Scheune brannte nieder, die Schweine, zahlreiche Hühner und Hasen verbrannten alle. Der Kuhstall konnte gerettet werden und auch das Wohnhaus geriet nicht in Brand, was meiner

Familie das Leben rettete. Sie haben es den aufmerksamen Menschen im Dorf zu verdanken, dass sie heute alle noch leben."

„Oh, mein Gott, wie grausam, die armen Tiere. Ich will mir das gar nicht vorstellen, wie schlimm das für deine Familie gewesen sein muss", sagte ich und drückte mich fest an Gabriel.

Ich versprach, Gabriel am nächsten Mittag mal ein richtiges Essen mitzubringen und etwas anderes zu Trinken, als Pfefferminztee und Kaffee. Vielleicht würde ich bis dahin auch noch mehr Informationen zu seiner Familie finden und konnte ihn damit überraschen.

Zu meiner Freunde erklärte sich mein Vater bereit, seine Bekannten und Freunde im Dorf abzuklappern, um vielleicht etwas über die Familie Feldmann herauszufinden. Viele konnten sich an die Bahnwärterfamilie erinnern, aber keiner wusste, wo die Familie abgeblieben war. Eine alte Dame, die früher in der Bäckerei tätig gewesen war, erwähnte einen schlimmen Vorfall in der Familie und dass die Eheleute danach das Dorf verlassen hätten. Die Dame wusste nicht, wohin diese gezogen waren, kannte aber die alten Nachbarn der Familie Feldmann noch und wusste, dass diese inzwischen in einer Seniorenresidenz im nächsten Ort lebten. Ein telefonischer Kontakt war schnell hergestellt und mein Vater konnte mir wenigstens den neuen Wohnort von Gabriels Eltern mitteilen.

Wer hätte gedacht, dass mein Vater eigentlich der geborene Reporter war und nicht ich.

Am Mittag packte ich eine Brotdose mit den selbstgemachten Frikadellen und dem Kartoffelsalat meiner Mutter, sowie eine Flasche Limo und eine Flasche Sekt zusammen und brachte sie zu Gabriel. Er erwartete mich bereits. Leider war das Wetter regnerisch, weswegen wir im Haus am Tisch saßen, um unser Mahl zu verspeisen. Freudig schaute ich Gabriel zu, wie er voller Appetit zwei Frikadellen und eine große Portion Kartoffelsalat verdrückte. Nach der Limo köpften wir auch noch den Sekt.

Nach dem Essen kuschelten wir auf dem Bett. Nun wollte ich aber Gabriel erzählen, was mein Vater herausgefunden hatte. Vielleicht würde eine Vereinigung der Familie Gabriel endlich Frieden bringen.

„Ich weiß jetzt, wohin deine Eltern gezogen sind", sprudelte es aus mir heraus.

Gabriel schaute mich sichtlich irritiert an. „Was hast du gesagt?"

„Deine Eltern…, mein Vater hat mit euren alten Nachbarn gesprochen, was gar nicht so einfach war, da sie jetzt im Betreuten Wohnen leben und die wussten, dass sie nach …"

Gabriel unterbrach mich energisch. „Halt, warte mal. Warum glaubst Du das ich das wissen möchte?" Er setzte sich auf und wand sich aus meinem Arm.

„Ich dachte nur, da du sagtest, dass du nicht weißt, wohin sie gezogen sind. Und ich dachte, dass du sie gerne wieder sehen würdest."

„Wenn ich das wollte, hätte ich sie selbst suchen können, oder?"

„Aber, ich dachte...", stammelte ich.

„Was du immer denkst. Ich habe dir doch gesagt, dass meine Eltern keinen Kontakt zu mir möchten und ich werde einen Teufel tun ..."

Ich stand von der Matratze auf. „Sag mir doch endlich, was zwischen Euch passiert ist, was kann so schlimm sein, dass man nicht mehr mit seiner Familie spricht?", platze es aus mir heraus.

Gabriel schwieg. Wie immer. Ich war voller Wut, mein Herz pochte wild in meiner Brust und schien mir aus dem Halse springen zu wollen.

„Wen oder was hast Du verloren, dass Du jede Nacht über die Schienen wachst?", rief ich verzweifelt.

Gabriel stand auf, ging zur Tür, nahm seinen Mantel vom Haken. Er drehte sich noch einmal zu mir um und sagte: „Mein Leben."

Kapitel 11

Gabriel machte mich mit seiner Davonlauferei noch wahnsinnig. An diesem Abend war mir klar geworden, dass ich endlich wissen musste was passiert war, bis zum bitteren Ende, oder Gabriel würde vor die Hunde gehen. Und ich mit ihm. Ich würde auf eigene Faust seine Familie suchen, ob er nun wollte oder nicht. Warum musste ich mich gerade in diesen Sturkopf von Mann verlieben. Rational erklärbar war das nicht, aber Liebe hatte noch nie etwas mit Logik zu tun.

Meine Mutter und mein Vater hatten langsam genug von meiner Suche nach Antworten, schließlich hatte ich ihnen versprochen, mir eine neue Arbeitsstelle zu suchen. Ich wusste, dass sie recht hatten und sie Vernunft von mir erwarteten. Aber ich wollte nicht vernünftig sein. Entweder würde ich endlich herausfinden, was Gabriel vor mir geheim hielt, oder wir konnten uns nicht länger treffen. Sein Geheimnis und seine selbstauferlegte Bürde drückten nicht nur ihn, sondern auch mich wie einen zentnerschweren Kartoffelsack zu Boden.

Ich gab vor, im letzten bekannten Aufenthaltsort von Gabriels Eltern nach Arbeit suchen zu wollen. Mein Vater schmunzelte, ließ mich aber ziehen. Es war nur eine kurze Busfahrt von dreißig Minuten, bis ich in der Innenstadt ankam.

Diese Ortschaft war kein Dorf, aber auch keine Großstadt. Vermutlich kannten sich auch hier alle Nachbarn, wenn sie nur wollten. Wahrscheinlich ging es Gabriels Eltern auch nicht darum, in Anonymität zu leben, sondern ihre Altlasten nicht mitzunehmen. Aber hatten sie diese wirklich zurücklassen können? Ich bezweifelte es.

Meine Gedanken überschlugen sich, als ich versuchte herauszufinden, was die beste Methode war, um Familie Feldmann zu finden? Gabriels Eltern hatten ihren Sohn nach einem Erzengel benannt, vielleicht deutete dies auf einen christlichen Hintergrund hin? Ich zog mein Handy heraus und googelte „Gabriel“ und „Erzengel“. „Held Gottes“ war eine der Topantworten auf meine Suche. Wenn das nicht passend war, wusste ich auch nicht. Seine Eltern mussten sicher gläubige Menschen sein, da war ich mir sicher. Als nächstes suchte ich auf meinem Handy die nächste katholische Kirchengemeinde. „Sankt Johannes“, das musste es sein, ich suchte mir den schnellsten Fußweg heraus und machte mich umgehend auf den Weg zur Kirche. Auf dem Weg kam ich am Marktplatz vorbei, auf dem einige Stände mit Gemüse, Obst,

Blumen, Fleisch und Backwaren aufgebaut waren. Ihre bunten Farben leuchteten appetitlich, doch ich erlaubte mir keinen Zwischenstopp, es zog mich weiter. Kurz darauf erblickte ich den Kirchturm und meine Schritte wurden schneller. Ich kam bei dem Gebäude aus grauen Backsteinen mit kleinen Türmchen an und betrat die Kirche durch den Haupteingang. Holzbänke und ein prächtig geschmückter Altar tauchten vor meinen Augen auf. Ich schaute zur Decke und erblickte eine Kuppel über mir, die mit zahlreichen Engeln bemalt war. Nicht die pausbäckigen, dicken Babyengel, die man in der Weihnachtszeit überall sah, sondern erwachsene Männer in Rüstung und teilweise mit Waffen. Ich las laut die Namen vor, die unter den Engeln standen: „Uriel, Raphael, Raguel, Remiel, Sariel, Michael und Gabriel."

Sicherlich waren Gabriels Eltern einmal hier gewesen, wenn ich Glück hatte, dann lebten sie immer noch hier. Plötzlich hörte ich eine Stimme hinter mir und ich fuhr herum.

„Hallo, kann ich Ihnen helfen? Ich bin die Messnerin." Eine Dame um die fünfzig mit lockigen Haaren und Brille kam zu mir.

„Äh, ich bestaune nur ihre schöne Kirche", erklärte ich und richtete den Blick wieder nach oben.

„Ach ja, die Engel", nickte die Dame und schob ihre heruntergerutschte Brille wieder nach oben.

„Ich interessiere mich für den Erzengel Gabriel, können Sie mir mehr über ihn erzählen“, fragte ich.

Sie nickte erneut. „Der Erzengel Gabriel ist Gottes persönlicher Bote, er ist Gottes Fürsprecher für die Menschheit und geht im Namen des Vaters auf Mission. Er ist fürsorglich, liebevoll und gehorsam.“

„Die meisten der Engel dort oben kenne ich gar nicht“, sagte ich und wies auf die anderen Namen.

„In der Bibel ist nur die Rede vom heiligen Michael, dem heiligen Gabriel und dem heiligen Raphael. Sie sind die Engel, die den Menschen am nächsten stehen. Michael und Gabriel werden oft auch als Erzengelpaar dargestellt“, endete sie.

„Das ist sehr interessant, vielen Dank für diese Informationen. Können Sie mir vielleicht sagen, ob Gesa und Karl Feldmann noch in ihrer Gemeinde sind?“, fragte ich möglichst beiläufig.

Die Messnerin schaute erst etwas misstrauisch, schien aber dann doch zu überlegen.

„Ich kenne sie von früher“, log ich - und das in einer Kirche.

„Ja, die beiden kommen jeden Sonntag zur Messe, früher waren sie im Pfarrgemeinderat, inzwischen gehen sie aber kaum noch aus dem Haus.“

„Sie wohnten vorher in dem Dorf, in dem ich aufgewachsen bin. Vor über fünf Jahren sind sie weggezogen und deshalb wollte ich sie gerne besuchen. Sie wissen nicht zufällig, wo sie jetzt wohnen?“, erklärte ich weiter und hoffte inständig auf eine positive Antwort.

„Tut mir leid, ich kann ihnen die Adresse nicht geben, sie verstehen schon - Datenschutz.“

„Ja klar, verstehe ich, Frau…?“

„Frau Meister“, antwortete sie.

„Vielen Dank für Ihre Hilfe und die interessante Geschichte zu den Engeln Frau Meister“, gab ich zurück und verließ die Kirche. Natürlich würde ich jetzt nicht nach Hause gehen, ohne den Aufenthaltsort von Gabriels Eltern heraus gefunden zu haben. Gegenüber der Kirche war ein kleines, unscheinbares Gebäude. Ich ging hinüber und schaute auf die Klingel. „Pfarrbüro“ las ich dort und klopfte an die Türe.

„Herein“, hörte ich eine leise Stimme und betrat ein Büro ohne Fenster.

„Guten Tag“, sagte ich und trat bis vor einen Schreibtisch, der in der Mitte des Raumes stand.

Ein junger Mann sah von seinen Schreibarbeiten auf. „Guten Tag, was kann ich für Sie tun?“, wollte er wissen.

Ich trat selbstbewusst einen weiteren Schritt nach vorne.

„Messnerin Meister schickt mich, sie sollen mir bitte die Adresse von Familie Feldmann raussuchen“, erklärte ich selbstsicher.

„Ach ja, und warum kommt sie nicht selbst hierher?“, fragte er.

„Sie meinte sie müsste noch dringend eine neue Stola für den Pfarrer besorgen, diese hat bei der letzten Messe Feuer gefangen“, spann ich zusammen.

„Wie ist denn das passiert?“, wollte der Herr wissen. Der wollte es aber ganz genau wissen und raubte mir damit den letzten Nerv.

„Er kam zu nah an die Altarkerzen, zum Glück konnten die Messdiener sein Hemd mit dem Messwein löschen“, erzählte ich meine Geschichte weiter.

„Ach, du Schreck.“

„Ja, Brandflecken sind wirklich nicht einer heiligen Messe würdig. Da Frau Meister keine Zeit hat, meinte sie, ich könnte mich vertrauensvoll an Sie wenden. Ihre Arbeit wäre professionell und Sie der Beste für diesen Job.“ Mir gingen gleich die Lügen aus.

„Natürlich“, sagte er, sprang auf, ging an einen Schrank, nahm eine Akte heraus und schrieb die Adresse auf einen Zettel.

Ich nahm den Zettel schnell an mich und musste mich beherrschen, nicht vor Freude zu tanzen. „Danke“, rief ich und verließ so schnell mich meine Füße trugen das Büro.

Inzwischen war es später Nachmittag und ich wollte die Familie Feldmann heute nicht mehr aufsuchen. Ich redete mir ein, dass es meiner Erschöpfung geschuldet war, aber in Wahrheit musste ich mir erst überlegen, was ich Gabriels Familie sagen wollte, wenn ich dann wirklich persönlich vor ihnen stand. Ich setzte mich in den Bus und fuhr wieder nach Hause. Sollte ich Gabriel von meiner Suche erzählen? Sollte ich mit ihm gemeinsam seine Eltern aufsuchen? Nein, die Gefahr, dass er durchdrehte und mir den Besuch verbot war mir zu groß. Ich hatte mir vorgenommen, Antworten zu suchen und ich würde Antworten finden!

Kapitel 12

Um meinen guten Willen bei meinen Eltern zu zeigen und nicht enterbt zu werden, fuhr ich auf dem Rückweg bei der Arbeitsagentur vorbei und deckte mich mit einem Stapel von ausgedruckten Stellenanzeigen ein. Diese wollte ich in Ruhe zu Hause durchsehen und mich im Netz über die Firmen informieren.

Es wurde schon dunkel, als ich müde und ausgehungert zu Hause ankam. Vor der Tür fand ich einen Strauß mit verschiedenen Wildblumen, ich erkannte Chrysanthemen, Lavendel, Sonnenhut und Astern. Ich hob den Strauß auf und brachte ihn in die Küche.

„Hallo, ich bin wieder da", rief ich. Ich holte eine Vase aus dem Küchenschrank, füllte sie mit Wasser und stellte die Blumen hinein. Der Duft war wunderbar. Meine Eltern saßen im Wohnzimmer und schauten gerade die Abendnachrichten, als ich mit den Blumen hereinkam.

„Hast Du Blumen mitgebracht?", fragte meine Mutter.

„Nein, die lagen vor der Türe. Ich dachte, ihr wisst, wo die Blumen herkommen", sagte ich.

Meine Eltern schüttelten fast gleichzeitig den Kopf. Es handelte sich definitiv um Wildblumen, die hier in der Gegend im Wald wuchsen. Nein, das konnte doch nicht sein, oder? War Gabriel wirklich zu meinem Haus gekommen und hatte die Blumen hier abgelegt? Warum? Wollte er sich etwa entschuldigen, vermisste er mich? Ich wurde ein bisschen rot und lächelte in mich herein. Ich roch noch einmal an den Blumen und trug sie gedankenverloren in mein Zimmer, bevor ich zu Abend aß.

Ein schlechtes Gewissen überrollte mich. Gabriel pflückte Blumen für mich, während ich hinter seinem Rücken seine Familie suchte, mit der er keinen Kontakt haben wollte. Sollte ich mein Vorhaben noch einmal überdenken? Ich schaute noch die Stellenanzeigen genauer durch, bevor ich mich schlafen legte.

Auch wenn ich mir sicher war, dass ich meine Suche nach Gabriels Eltern für mich behalten wollte, musste ich ihn wieder sehen. Ganz ungewohnt war dieses Gefühl der Sehnsucht für mich, ich sehnte mich nach seiner sonoren Stimme, seinem „Waldduft", seiner warmen Umarmung. In seiner Gegenwart wurde mir alles andere so unwichtig und klein, auch meine Probleme und Zukunftsängste. Die Welt schien still zu stehen in seinem scheinbar kleinen Universum. Mir war klar, dass dies alles nur Utopie war, so eine

Scheinwelt existierte nicht, auch wenn ich es mir manchmal wünschte.

Nach dem Frühstück suchte ich Gabriel auf. Ich hatte das erste Mal in diesem Herbst wieder meine warme Jacke aus dem Schrank geholt, weil ein kühler Wind wehte. Einige heimische Vögel waren inzwischen in den Süden geflogen, Igel und Eichhörnchen bereiteten sich auf den Winterschlaf vor. Ich fragte mich, wie Gabriel nur den Winter in seiner Hütte überstehen wollte.

In der Nähe des Hauses sah ich Gabriel in seinem Mantel. Er befüllte zwei Futterstätten für Vögel und andere Waldtiere, die bald nicht mehr genug zu fressen finden würden. Als er mich sah, lächelte er mich an. Hatte er nicht damit gerechnet, dass seine Blumen Wirkung zeigen würden? Wir näherten uns einander und küssten uns sanft auf die Lippen.

„Vielen Dank für deine schönen Blumen", flüsterte ich ihm ins Ohr.

„Und Entschuldigung angenommen", fügte ich zu.

„Was für eine Entschuldigung?", fragte er.

„Na, ... ist das dein Ernst? Du warst bei unserem letzten Treffen ganz schön unfreundlich zu mir", sagte ich und schaute ihn verärgert an.

„Tut mir leid, dass Du das so empfunden hast, Nina. Ich würde mir nur wünschen, dass Du es akzeptierst, wenn ich nicht über meine Vergangenheit reden möchte. Ich wollte dich damit nicht verletzen", erklärte er ruhig.

„Und ich würde mir wünschen, dass du offen zu mir bist. Du musst mir ja nicht alles erzählen, aber ich möchte doch wissen, wer Du bist, wo du hinwillst. Und ich möchte nicht mit Dir streiten. Ich möchte einfach bei Dir sein", sagte ich und wir nahmen uns in den Arm.

„Ich werde versuchen, an mir zu arbeiten, aber ich bin längeren Kontakt mit Menschen nicht mehr gewohnt, hab Geduld mit mir", bat er.

Er nahm mich bei der Hand und wir gingen zusammen zum Haus, um uns etwas aufzuwärmen. Gabriel kochte schnell einen heißen Tee und holte meine Dose mit den Keksen hervor, die wir dazu aßen. Ich erzählte ihm von meiner Jobsuche, aber nicht von der Suche nach seinen Eltern. Er war nicht bereit dazu und ich wollte unser Treffen nicht wieder abrupt beenden.

Kurz darauf saßen wir in eine Decke eingewickelt auf seinem Bett. Nach einer Weile erzählte er mir von einem Treffen auf den Bahngleisen in der vorletzten Nacht. Ein Junge, gerade mal 16 Jahre alt, Sommersprossen und rötliches Haar. Seine Verzweiflung spiegelte sich in seinen dunklen Augen wider und sie schienen Gabriel um Hilfe anzuflehen: „Siehst du mich denn nicht? Tu doch was! Hilf mir!"

Und Gabriel half. Lange saß er mit dem Jungen in seiner Hütte und redete, hörte zu, machte Mut. Das hoffte er zumindest. Der Junge erzählte von Liebeskummer und von Schikane in der Schule, von Zukunftsängsten und Hoffnungslosigkeit. Gabriel hatte mir nie zuvor von einem Treffen mit einem seiner Schützlinge erzählt. Dass er das jetzt tat, stellte einen großer Vertrauensbeweis für mich dar. Es keimte Hoffnung in mir auf, dass wir Fortschritte machten.

Gabriel erzählte weiter, dass er dem Jungen zugehört hatte, aber als der ihn fragte, was er tun solle, konnte er ihm kein Geheimrezept dafür geben. Er könne nur kämpfen und daran wachsen. Gabriel versicherte ihm, dass er wusste, dass er das schaffen würde. Der Junge wurde schweigsam, verstand aber. Gabriel öffnete die Blechdose in seinem Koffer und gab dem Jungen eine getrocknete blaue Kornblume mit, eine zweite klebte er in sein Büchlein.

Nach Gabriels schöner Geschichte erinnerte ich mich an ein trauriges Erlebnis aus meiner Kindheit, wagte aber nicht, es in diesem Moment Gabriel zu erzählen. Ich war in der 4. Klasse und 10 Jahre alt, ein Klassenkamerad dessen Eltern sich scheiden ließen, litt sehr unter dieser Trennung. Er äußerte den Wunsch, bei seiner Mutter leben zu dürfen, aber seine Gefühle wurden nicht berücksichtigt und er wurde gezwungen, beim Vater zu wohnen. Kurz darauf war der Junge so verzweifelt, dass er sich mit seinem Schlafsack auf die Bahngleise legte und überrollt wurde. Leider gab es zu dieser Zeit noch keinen Bahnwärter, der sich um solche Menschen sorgte.

Dass sich Gabriel mir gegenüber etwas geöffnet hatte, freute mich sehr. Aber der Entschluss, seine Familie zu besuchen und somit mehr über ihn herauszufinden, war weiterhin in mir verankert.

Zwei Tage später setzte ich mich wieder in den Bus. Ich wollte nach einem Vorstellungsgespräch noch einmal meine Suche weiterführen.

Das Gespräch in einer Softwarefirma war schnell vorbei, sie wollten sich melden, aber ich machte mir keine großen Hoffnungen. Ich fuhr schnell weiter und stieg wieder beim Marktplatz aus. Heute war wieder Markttag und ich vertrödelte dort ein bisschen meine Zeit beim Kaffeetrinken, Kuchen essen und Pflanzen anschauen. Sollte ich Gabriels Eltern vielleicht Blumen mitbringen? Ich entschied, dass das eine gute Idee war und kaufte einen Strauß mit kleinen Sonnenblumen.

Nun folgte ich der zuvor eingegebenen Route auf meinem Handy. Es konnte nicht weit weg vom Marktplatz sein laut meiner Karte. Ich musste einfach einem Feldweg folgen, der sich aber sehr lange zog. Der Weg wurde immer matschiger, weil es die letzten Tage immer wieder geregnet hatte.

Endlich sah ich ein kleines Häuschen hinter dicht bewachsenen Hecken und Bäumen auftauchen. An der Haustür hing ein selbstgetöpfertes Türschild, auf dem „Feldmann" in geschwungenen Buchstaben stand.

Bevor ich an der Tür klopfen konnte, wurde mir geöffnet.

„Guten Tag", sagte ich verwundert.

„Guten Tag," entgegnete ein großer Mann, um die sechzig Jahre, mit kurzen grauen Haaren und einer untersetzten Figur.

„Ich bin Nina Reutling, aus …", begann ich, wurde aber unterbrochen.

„Ich weiß, wer sie sind, sie müssen die Frau sein, die sich vor ein paar Tagen unsere Adresse im Pfarrbüro erschlichen hat", rief eine schlanke, große Frau mit einem langen blonden Zopf, die nun ebenfalls an der Tür erschienen war.

Angst stieg in mir hoch, meine Kehle wurde trocken. Wie konnte ich nur so dumm sein, zu glauben, dass die Messnerin und der Büroangestellte meinen kleinen Überfall für sich behalten würden. Natürlich hatten sie die Feldmanns vorgewarnt. Ich lächelte verlegen.

„Ach ja, hat mich die Messnerin schon angekündigt, das ist ja nett von ihr."

Noch immer hielt ich die Blumen in den Händen. „Die sind für sie", sagte ich und überreichte Frau Feldmann die Blumen.

Sie nahm sie an sich.

„Ich dachte, vielleicht erinnern sie sich noch an mich. Ich komme auch aus dem Dorf, in dem sie früher gewohnt haben. Ich wollte sie nur einmal besuchen. Vielleicht haben Sie Zeit für einen kleinen Plausch“, fragte ich.

Herr Feldmann schob seine Frau etwas zur Seite. „Natürlich, kommen sie doch rein.“

Ich atmete auf und folgte den beiden ins Haus. Wir gingen zusammen durch den hellen Hausflur in dem einige Skulpturen aus Holz, wie Engel und Heilige, auf Sockeln standen. Im Wohnzimmer stand in einer Ecke eine große Marienfigur auf einem kleinen Tisch. Mahnend warf sie ihren Blick auf mich und schüchterte mich damit ein.

Frau Feldmann hatte eine Vase geholt und stellte die Sonnenblumen vor uns auf den Tisch. Ich setzte mich an den Tisch und richtete den Blick genau auf ein großes, hölzernes Kreuz neben mir an der Wand.

„Woher wissen Sie, wohin wir gezogen sind?“, fragte Karl Feldmann.

„Ich habe ihre ehemaligen Nachbarn gefragt, die Müllers. Sie wohnen jetzt im Betreuten Wohnen“, erklärte ich.

„Und warum haben Sie nach uns gefragt?“, wollte Gesa Feldmann wissen.

„Na ja, es geht ehrlich gesagt um ihren Sohn Gabriel“, antwortete ich.

Die Beiden schauten sich verwirrt und sogleich verärgert an.

„Was wollen Sie über ihn wissen?“, fragte Herr Feldmann misstrauisch.

„Ich bin eine gute Freundin von ihm, um besser zu sagen, wir stehen uns sehr nahe und ich wollte sie deshalb einfach mal kennenlernen, auch um mehr über ihn zu erfahren, wie er aufgewachsen ist.“ In diesem Moment fiel mir auf, dass kein einziges Foto von Gabriel an den Wänden hing. Keine Kinderfotos, keine Bilder zu seiner Teenagerzeit oder von gemeinsamen Familienurlauben. Da war nichts. Ein angestaubtes Hochzeitsfoto des Ehepaares stand auf einem Regal und ein mit Blattgold verziertes Gemälde von Jesus am Kreuz prangte an der Wand.

Plötzlich fing Gesa unvermittelt an zu weinen, nestelte an ihrer Hosentasche, zog ein Taschentuch heraus und putzte sich verschämt die Nase.

„Schauen Sie, was sie angerichtet haben!“, rief ihr Mann. Seine Augen wurden klein wie Schlitze.

„Äh, was meinen Sie? Gabriel wäre ja selbst gekommen, aber ...“, versuchte ich zu erklären.

Karl Feldmann unterbrach mich energisch und schlug mit der Faust auf den Tisch.

„Jetzt reicht es, Frau Reutling! Unser Sohn Gabriel ist tot! Wir sind hierhergezogen, um unsere Ruhe zu haben und jetzt tauchen Sie hier auf. Bitte gehen Sie jetzt!“, rief er mit wutverzerrtem Gesicht. Schnell stand ich vom Tisch auf.

„Tot? Aber das kann nicht sein, er lebt noch immer im Wald bei den Bahngleisen“, antwortete ich.

Gesa schüttelte zornig den Kopf. „Wie können Sie sowas sagen?“

„Wenn Sie uns nicht glauben, gehen Sie doch zum Friedhof“, erklärte Herr Feldmann und schob mich förmlich zur Haustür.

„Tut mir leid“, stammelte ich und fand mich im nächsten Moment wieder vor dem Haus im wildbewachsenen Garten wieder.

Was war denn das gewesen? War ich im falschen Film gelandet? Warum sollte ich auf dem Friedhof nach Gabriel suchen, der saß doch putzmunter im Wald und fütterte die Vögel. Waren seine Eltern von allen guten Geistern verlassen oder gab Gabriel vor jemand anderes zu sein? Aber ich hatte doch seinen Ausweis gesehen, war der vielleicht gefälscht, hatte er jemandem die Identität gestohlen? Mir wurde schwindelig als ich versuchte meine Gedanken zu ordnen. Das musste sich doch aufklären lassen. Ich musste schleunigst zum Friedhof.

Kapitel 13

Meine Schritte knirschten auf grauen Kieselsteinen als ich den Friedhof betrat. Ich wusste nicht, was ich tun sollte, wenn ich hier und jetzt herausfinden würde, dass Gabriel mich die ganze Zeit angelogen hatte. Es schüttelte mich, wenn ich daran dachte, dass ich vielleicht mit einem Betrüger Tisch und Bett geteilt hatte.

Schnellen Schrittes ging ich die langen Wege vor den Gräbern ab. Wie war ich eigentlich auf die Idee gekommen, dass ich auf diesem riesigen Friedhof ein bestimmtes Grab finden könnte? Mein Blick schweifte über die langen Reihen der Grabstätten.

Meine Füße schmerzten als ich bereits den halben Friedhof abgelaufen war, ohne auf eine Ruhestätte mit dem Namen „Feldmann" gestoßen zu sein. In meinem Blickfeld erschien eine Bank. Seufzend nahm ich darauf Platz. Ich überlegte einen Moment, aufzugeben. Bald würde es dunkel werden, was die Suche noch schwerer machen würde. Warum waren Gabriels Eltern hierhergezogen, vor was liefen sie davon?

Als ich mich gedankenverloren umsah, erblickte ich eine lebensgroße Engelsstatue vor einem Grab. Blitzartig sprang ich von der Bank auf und stoß einen kleinen Freudenschrei aus. Zwei ältere Damen, die gerade Stiefmütterchen einpflanzten, warfen mir böse Blicke zu. Ich flüsterte ein kaum hörbares „Entschuldigung“ und rannte fast zu dem Grab, das der Engel „beschützte“. Ich kann nicht erklären, warum ich der Meinung war, dass dies die bestimmte Ruhestätte sein musste, die ich suchte - sie zog mich einfach magisch an. Ich erreichte das Grab und war geblendet von dieser Erscheinung. Gabriels Eltern hatten hier kein Grab errichtet, nein, es war ein Schrein. Der große Engel war aus weißem Marmor gefertigt, sein Gesichtsausdruck war anklagend nach unten gerichtet. Als wolle er helfen und konnte nicht, wies er auf die roten und weißen Rosen unter sich.

Mein Puls wurde immer schneller als ich die Inschrift im Sockel des Engels las:

Hier liegt unser Sohn

Gabriel Feldmann

geboren am 10.04.1994

verstorben am 29.11.2019

Unser Held Gottes ist von uns gegangen

Neben der Inschrift war ein Foto angebracht und es war eindeutig Gabriel, dessen Bild ich in Stein gemeißelt vor mir sah. Ich hielt den Atem an. Mein Herz schien mir aus der Brust springen zu wollen. Wie konnte das möglich sein? In mir tobte ein Sturm, aber ich konnte keinen Ton von mir geben. Ich hatte ja schon von Eltern gehört, die zu ihren verhassten Kindern sagten, dass sie für sie gestorben waren, aber dass sie dann tatsächlich ein Grab für sie errichteten, konnte ich mir nicht im makabersten Film vorstellen.

Völlig entkräftet sank ich zu Boden, ich konnte meine Gefühle nicht mehr zurückhalten und brach in Tränen aus. Die beiden Frauen, die sich zuvor über meine Lautstärke beklagt hatten, kamen nach einigen Minuten herüber zu mir. Ich muss einen jämmerlichen Anblick geboten haben, mit nassen und matschigen Klamotten und verheultem Gesicht. Sie überredeten mich mitzukommen, um mich im Gemeinderaum nebenan abzutrocknen und mich etwas zu beruhigen. Sie konnten nicht verstehen, warum ich am Grab eines jungen Mannes weinend zusammenbrach, der vor über fünf Jahren verstorben war und ich konnte nicht mit ihnen reden, weil ich kein Wort herausbrachte. Ich hätte auch nicht gewusst, was ich ihnen hätte sagen sollen. Mein Kopf war leer und ich verstand die Welt nicht mehr.

Nach einer halben Stunde hatte ich mich etwas beruhigt und versicherte den Damen, dass es mir wieder besser ginge.

Obwohl es mich sehr aufwühlte, ging ich erneut zu dem Grab, um ein Foto zu machen. Vielleicht würde Gabriel mir sonst nicht glauben, wenn ich ihm von seinem eigenen Grab erzählte. Ich musste ihn zur Rede stellen. Sofort.

Erschüttert fuhr ich mit dem Bus wieder nach Hause. Ein paar Passanten schauten mich verwirrt an, weil ich mit versteinertem Gesicht und roten Augen vor mich hinstarrte. Vermutlich nahmen sie an, dass ich von einer Beerdigung kam. Genauso fühlte ich mich auch, als ob jemand gestorben wäre, Gabriel, der tugendhafte Bahnwärter, oder der sich zumindest als solcher ausgab. Ich wusste nicht, was Gabriel mir sagen konnte, das alles wieder gut machen würde.

Gabriel band sich gerade die Schuhe zu, als ich zur Tür hereinpolterte.

„Hallo Nina, du hast mich aber erschreckt", sagte er lächelnd und kam auf mich zu.
Als er vor mir stand, gab ich ihm einen Schubs, er landete auf seiner Matratze auf dem Boden. Ich ging zurück zur Türe und schloss diese von innen ab. Den Schlüssel nahm ich aus dem Schloss und verwahrte ihn in meiner Hosentasche.

Gabriel rappelte sich von seinem Bett hoch. „Nina, was soll das?"

„Du wirst hier drin bleiben bis wir geredet haben, ich will Antworten!", rief ich voller Wut. Ich setzte mich auf den Stuhl, Gabriel nahm im Sessel Platz.

„Ich wollte gerade auf die Gleise gehen, es wird dunkel", sagte er.

„Das interessiert mich jetzt nicht, du bleibst hier!", gab ich zurück und verschränkte die Arme vor der Brust.

Gabriel schüttelte verwundert den Kopf, blieb aber sitzen.„Ich weiß nicht, was Du von mir hören willst."

„Dann werde ICH anfangen. Ich war bei Deinen Eltern."

„Was warst Du?"

Gabriel stand auf, lief zum Fenster, schaute hinaus, ballte die Fäuste.

„Um das geht es jetzt nicht, setz dich wieder", verlangte ich.

Gabriel atmete hörbar ein paarmal durch, dann ging er zurück zum Sessel und nahm Platz.

„Warum behaupten deine Eltern, dass Du tot bist?"

„Ach, Nina, ich hab dir doch gesagt, dass sie mich nicht mehr sehen wollen, da sagen das Eltern ebenso, dass man für sie gestorben ist", versuchte er zu erklären.

Ich holte mein Handy aus der Jackentasche und zeigte ihm das Foto vom Grab.

Gabriel wurde blass, hielt sich eine Hand vors Gesicht und schloss kurz die Augen.

„Hier liegt unser Sohn Gabriel Feldmann, geboren am 10.04.1994 - verstorben am 29.11.2019 - Unser Held Gottes ist von uns gegangen," las ich laut vor.

„Hast du was dazu zu sagen, Gabriel. Wenn das überhaupt dein Name ist."

Er schwieg, war überfordert, fühlte sich in die Enge gedrängt.

„Sind deine Eltern kranke Irre? Oder bist du ein Betrüger, der die Identität von jemandem gestohlen hat? Hast du jemanden umgebracht und versteckst dich vor der Polizei? Woher weißt du so viel von dieser Familie, die in diesem Wald lebte?"

Gabriel sprang auf, stieß den Tisch mit seiner Tasse darauf um, die auf dem Boden sofort zu Bruch ging. Ich sah Tränen in seinen Augen glitzern. Hatte ich ihn ertappt? Zum ersten Mal fiel mir ein, dass es vielleicht nicht die beste Idee gewesen war, mich mit ihm in einem Raum einzuschließen.

Ich schluckte, biss mir vor Anspannung auf die Lippe, bis es schmerzte. „Wenn ich dir nur ein bisschen wichtig bin, dann sag mir jetzt die Wahrheit!", bat ich ihn verzweifelt.

Gabriel sank wieder zurück in den Sessel, fiel in sich zusammen, wie ein gefällter Baum. Er schwieg eine Weile, um sich zu sammeln. Starrte die Wand an, weil er mir nicht in die Augen schauen konnte und begann zu erzählen. „Natürlich ist das nicht mein Grab. Und, nein meine Eltern haben es nicht für mich errichtet, sondern für meinen Bruder."

„Aber, dein Bild ist doch auf dem Grabstein!", unterbrach ich ihn.

Gabriel stand auf, hob eine der Bodendielen an. Zu meinem Erstaunen war sie locker und er konnte sie einfach hochheben und holte eine Plastiktüte aus der Erde hervor. Er klopfte sie ein bisschen sauber, griff hinein, holte ein Foto heraus und reichte es mir.

Auf dem Bild waren zwei Jungen im Alter von circa 12 Jahren zu sehen. Sie hatten jeweils die Arme um die Schulter des anderen gelegt und lachten in die Kamera. Sie glichen sich wie ein Ei dem anderen, es waren Zwillingsbrüder.

Ich hatte so viele Fragen, aber ich erkannte, dass ich ihn die Geschichte in seinem Tempo erzählen lassen musste, um alles zu erfahren.

„Das ist mein Zwillingsbruder Gabriel, er legte sich vor fünf Jahren auf die Schienen hier im Dorf und kam nie mehr zurück.“ Er kämpfte mit den Tränen, holte tief Luft und erzählte weiter. „Wir hatten in unserer Kindheit eine sehr tiefe Verbundenheit, hatten gerne die gleichen Klamotten an, mochten das gleiche, und dachten dasselbe. In unserer Teenagerzeit ging das so weiter, wir wollten beide Förster werden, auch wenn mein Vater sich lieber einen Nachfolger für seine Firma wünschte. Aber dann hat sich Gabriel verändert, er wurde immer melancholischer, trauriger, warum, das konnte er mir nicht erklären. Er konnte es selbst nicht begreifen. Ich versuchte ihn abzulenken, schöne Sachen mit ihm zu unternehmen, aber das half irgendwann auch nicht mehr. Wir wurden älter und Gabriels Schwermut blieb. Während ich mich von Vater überreden ließ, als Junior Partner in die Firma einzusteigen, weinte Gabriel seinem Traumberuf im Wald hinterher. Heute weiß ich, dass er Hilfe gebraucht hätte. Hilfe, die ich ihm zu der Zeit aber nicht geben konnte."

Er machte eine kurze Pause, holte sich ein Glas Wasser, nahm einen großen Schluck und sprach weiter. „Mit meinen Eltern konnte er nicht über seine Depression reden, die hätten das nicht verstanden. Mein Vater hat immer nur Leistung von uns erwartet und empfand Gefühle als Schwäche. Nicht darüber reden, dann geht es schon vorbei, war sein Motto. Als einziger Eingeweihter stand ich unter einem großen Druck und war überfordert. Vergessen war unser Wunsch vom Försterdasein in diesem Wald. Ich kniete mich immer mehr in die Arbeit, lief nur noch in Anzügen rum, hörte meinem Bruder nicht mehr zu. Am 29. November vor fünf Jahren stand er vor meiner Tür, wollte meinen Rat, ich vertröstete ihn, sprach von einem wichtigen Meeting und schickte ihn fort. In dieser Nacht ging er auf die Gleise und warf sich vor einen Zug." Inzwischen hatten sich einige Tränen den Weg zu seinem Kinn gebahnt. „Seitdem habe ich versucht jeden weiteren Selbstmord auf diesen Schienen zu verhindern.

Für die Menschen da zu sein, ihnen zuzuhören, ihnen wieder neue Hoffnung zu geben. Alles, was ich für meinen Bruder nicht getan habe, nicht tun konnte, oder wollte…“

„Deshalb hast Du auch seinen Namen angenommen, oder?“, fragte ich.

„Ja, ich wollte in seinem Namen Gutes tun, um ihn in guter Erinnerung zu behalten und sein Vermächtnis zu erhalten. Ich wollte nicht mehr ICH sein, habe mich so dafür gehasst, nicht für ihn da gewesen zu sein. Vielleicht wollte ich mich auch nur weniger schuldig fühlen.“

„Hat es geklappt?“, fragte ich.

„Nein, ich konnte meinen Bruder auf diese Weise nicht zurückholen und ich habe mich auch nicht weniger schuldig gefühlt.“

„Und wie heißt du denn nun?“, fragte ich und ging vor ihm in die Hocke und legte eine Hand auf sein Knie.
Er zog aus dem dreckigen Beutel einen Ausweis und hielt ihn mir vor die Nase. „Michael, … ich heiße Michael.“

Kapitel 14

Michael …, daran musste ich mich erst gewöhnen. Er war nach unserem Gespräch sehr erschöpft, bat mich, dass wir morgen weitersprachen, er müsse jetzt erst einmal alleine sein. Ich verstand das, ich war auch völlig erledigt, aber erleichtert, dass ich mich nicht vollkommen in meinem Bahnwärter getäuscht hatte. Ich hatte noch so viele Fragen an ihn. Wie war es zum Zerwürfnis zwischen ihm und seinen Eltern gekommen? Wie stellte er sich unter diesen Umständen seine Zukunft vor? Ich würde meine Antworten bekommen, bestimmt, aber nicht heute.

Inzwischen war es später Abend und ich war wieder daheim angekommen. Meine Eltern fragten sich sicher, wo ich den ganzen Tag geblieben war, und machten sich Sorgen. Gerne wollte ich ihnen alles sofort erzählen, aber ich war viel zu erschöpft. Ich wollte nur noch duschen und dann ins Bett. Meine Mutter und mein Vater hatten meinen gestrigen, wortlosen Rückzug zu später Stunde hingenommen, aber nun forderten sie Antworten.

Als ich mit der Geschichte über den Besuch bei Michaels Eltern und bei Gabriels Grab endete, stand ihnen der Mund offen. Nachdem ich fortfuhr mit der Konfrontation mit Michael und was er mir dann offenbart hatte, schüttelten sie nur noch ungläubig die Köpfe. Ich konnte selbst nicht glauben, was ich in den letzten 24 Stunden alles erfahren und erlebt hatte.

„Wir würden ihn gerne mal kennenlernen", sagte meine Mutter.

Mein Vater stimmte zu. „Lade ihn doch mal zu uns ein."

Ich versprach, ihn zu fragen, machte mir aber keine großen Hoffnungen, dass Michael die Gleise verlassen würde.

Nach einem ausgedehnten Frühstück am nächsten Morgen beschloss ich, wieder zum Bahnwärterhaus zu gehen. Ich wollte nicht nur mehr erfahren, sondern auch sehen wie es Michael heute nach seinem Geständnis ging. Heute Morgen saß er nicht vor der Türe, trank keinen Tee am Tisch, sondern saß mit angezogenen Knien auf seiner Matratze.

Ich war besorgt, weil er so in sich gekehrt war, aber als er mich erblickte, hellte sich sein Gesicht wieder etwas auf.

„Ich dachte nicht, dass Du wieder kommst."

„Warum denn das?", fragte ich.

„Na, weil Du jetzt weißt, wer ich wirklich bin."

„Genau deshalb bin ich wieder gekommen", antwortete ich und setzte mich zu ihm. Ich lehnte mich an seine Schulter.

„Warum haben deine Eltern damals das Dorf verlassen?“, fragte ich.

„Meine Mutter arbeitete nach dem Tod meines Bruders in einem Elektroladen. Eine ältere Dame kam in das Ladengeschäft und bat meine Mutter die alten Batterien in ihrer Taschenlampe auszutauschen. Meine Mutter kannte die Frau aus dem Dorf, sie hatte Kehlkopfkrebs im Endstadium. Erst vor ein paar Wochen hatte sie meiner Mutter erzählt, dass der Krebs sich weiter ausgebreitet hatte und dass alle Behandlungsmöglichkeiten ausgeschöpft worden waren. Die Dame ging dann mit ihrer wieder funktionierenden Taschenlampe nach Hause. Am nächsten Morgen erfuhr meine Familie, dass diese Frau sich nachts vor den Zug geworfen hatte und die Taschenlampe nur gebraucht hatte, um nachts zu den Gleisen zu finden.“

Ich bekam eine Gänsehaut vom kleinen Zeh bis in die Haarspitzen als ich das hörte.

„Meine Mutter hat das sehr belastet. Sie wollte dann nur noch weg von diesen verdammten Bahngleisen, die anscheinend nur Tod und Trauer über unsere Familie und das ganze Dorf gebracht hatten.“

„Das kann ich verstehen, irgendwie. Warum bist du geblieben?“

„Meine Eltern haben sich nach der Beerdigung von mir abgeschottet. Nachdem sie herausgefunden hatten, dass ich von Gabriels Depression wusste und ihm am besagten Tag nicht geholfen hatte, wollten sie nicht mehr mit mir sprechen. Meinen Anblick konnten sie nicht mehr ertragen, weil …"

„Weil Du so aussiehst wie Dein Zwillingsbruder," begriff ich. „Deshalb hängen bei deinen Eltern auch keine Fotos von Dir, Du erinnerst sie an Gabriel."

„Sie fingen ein neues Leben in einem anderen Ort an, wo Sie keiner auf den Selbstmord meines Bruders ansprach und sie anonym leben konnten. Und ich blieb hier im Bahnwärterhaus, weil ich dachte ich könnte Gabriel hier näher sein."

„Wissen Deine Eltern, dass Du hier wohnst?"

„Nein, sicher nicht. Sie haben nie danach gefragt, wo ich bleibe und wie ich mit allem klarkomme. Es ist leichter zu hassen als zu trauern."

„Lass uns doch ein bisschen spazieren gehen", schlug ich Michael vor.

Er sträubte sich erst, zog aber dann doch seine Schuhe und seinen Mantel an und verließ mit mir sein Haus. Schweigend gingen wir nebeneinanderher, ich griff nach seiner Hand und er ließ es geschehen.

„Meine Eltern möchten dich gerne kennenlernen", begann ich.

„Ernsthaft? Hast Du ihnen erzählt …"

„Ich habe ihnen alles erzählt, keine Angst, sie verstehen das schon“, versuchte ich ihn zu beruhigen.

„Ich weiß nicht,“ druckste er herum.

„Du könntest früh morgens kommen, damit dich keiner sieht und dann mit uns frühstücken“, schlug ich vor.

„Ich bin Menschen nicht gewohnt, ich wüsste gar nicht was ich sagen sollte. Ich bleibe lieber hier bei den Schienen, im Wald.“

„Überleg es Dir in Ruhe und wenn Du doch möchtest, finden wir eine Möglichkeit, ja?“

„Ja,“ sagte er und blieb abrupt stehen.

„Sieh mal, ein Reh mit seinem Kitz“, flüsterte er und drehte mich sanft zur Seite, damit ich sie sehen konnte. Leise standen wir da und schauten dem Reh und seinem Kleinen zu, wagten kaum zu atmen. Ein vorbeirollender Zug erschreckte die Rehe und sie verschwanden im Dickicht.

„Hast du je überlegt aus dem Wald wegzuziehen?“, fragte ich.

„Nein, nicht wirklich. Ich würde die Ruhe und die Tiere vermissen und die Freiheit, zu tun was ich will.“

„Hast du die denn?“, wollte ich wissen.

„Wie meinst du das?“

„Du schlägst dir jede Nacht um die Ohren, um die Gleise zu überwachen und bekommst nicht mal Geld dafür“, erklärte ich.

„Aber einer muss es doch machen, wer wenn nicht ich? Es ist meine Aufgabe!“

„Das ist es nicht, Michael. Du bist nicht verantwortlich für das Leben und das Glück anderer, nur für Dein Glück und Dein Leben."

Michael wollte mich unterbrechen, hielt aber inne.

„Und du hast auch keine Schuld an Gabriels Tod, auch wenn Du das glaubst. Auch deine Eltern wissen das."

„Und was soll ich deiner Meinung nach tun?"

Michael fragte mich nach meiner Meinung, das wäre vor ein paar Wochen noch undenkbar gewesen.

„Ich fände es sinnvoller, wenn Du den Menschen schon vorher helfen könntest, wenn sie Probleme haben und nicht erst, wenn sie schon mit allem abgeschlossen haben", erklärte ich.

„Und wie soll das gehen? Ich kann doch nicht bei jedem an die Türe klopfen."

„Nein, aber vielleicht eine Art Stelle, an die man sich wenden kann, wenn man verzweifelt ist und jemanden zum Reden braucht."

„So eine Art Selbsthilfegruppe für Lebensmüde?", witzelte er.

„Wenn Du es so nennen willst. Das ist doch das, was dein Bruder damals gebraucht hätte. Eine Stelle, an der jeder gehört wird, ohne als schwach oder verrückt gehalten zu werden. Bei Leuten denen es auch so geht."

„Eigentlich keine schlechte Idee, aber wie soll ich das umsetzen, in der Hütte ist nicht genug Platz dafür."

„Da wird uns sicher noch was einfallen“, sagte ich.

Wir waren wieder am Haus angekommen und gingen nach drinnen. Ich fröstelte und setzte mich mit einer Decke aufs Bett. Michael erhitzte eine Dose Suppe auf seiner Kochplatte und ich stellte warmen Tee bereit.

Nach dem Essen war ich müde und schlief auf dem Bett ein. Gabriel legte sich zu mir und wir wärmten uns gegenseitig. Bald hörte ich auch seinen regelmäßigen Atem, weil er eingeschlafen war. Als ich mitten in der Nacht aufwachte, war er verschwunden.

Ich hatte mich immer noch nicht damit abgefunden, dass er nachts nicht bei mir sein konnte.

Als der Morgen graute, kam er wieder zu mir ins Bett gekrochen und wir genossen die Zweisamkeit noch ein paar Stunden.

Kapitel 15

Gegen acht Uhr morgens klopfte es lautstark an die Tür des Bahnwärterhauses. Michael und ich schraken zeitgleich hoch. Schnell sprangen wir von der Matratze auf und ordneten unsere Kleider. Gabriel schob den schweren Vorhang ein wenig zur Seite, um aus dem kleinen Fenster zu schauen. Direkt davor erschien eine kleine ältere Dame mit braunen kurzen Haaren und ein Herr mit grauem Haupthaar. Dieses Pärchen winkte wild und hielt dabei einen Picknickkorb in Händen. Michael zog den Vorhang eiligst wieder zu und drehte sich panisch zu mir um.

„Wer ist das?“

Ich konnte es kaum fassen und schlug mir mit der flachen Hand an die Stirn. „Das sind meine Eltern“, sagte ich kleinlaut.

„Was wollen die hier?“, fragte Michael.

„Keine Ahnung“, antwortete ich. Ich ging zur Tür und legte eine Hand an den Schlüssel.

„Warte, mach nicht auf“, bat er.

„Aber ich kann sie doch nicht draußen stehen lassen, außerdem haben sie gesehen, dass wir da sind“, gab ich zurück und öffnete die Türe.

„Guten Morgen liebe Eltern, was führt euch hierher?“, wollte ich wissen.

Meine Mutter und mein Vater waren schneller im Bahnwärterhaus als wir schauen konnte.

„Na, wir haben doch gesagt, dass wir deinen Freund kennenlernen wollen“, erklärte meine Mutter.

Mein Vater stellte einen vollgepackten Korb auf dem Tisch ab. „Und da sind wir.“

„Aber wir haben doch gesagt, dass wir damit erst einmal warten, bis Michael so weit ist“, flüsterte ich etwas zu laut meinen Eltern zu.

„Ach, auf was warten? Wir werden ja nicht jünger, Nina“, gab mein Vater zurück.

„Habt ihr nur zwei Stühle?“, fragte meine Mutter und schaute sich in der Hütte um.

Michael wusste nicht, wie ihm geschah. Er hatte sich trotz seiner Größe in der hintersten Ecke seines kleinen Hauses verkrochen. Panik stand ihm ins Gesicht geschrieben, bis ich ihm die Hand reichte und zu uns zog.

„Mama, Papa, das ist Michael“, stellte ich ihn meinen Eltern vor.

Michael überwand seine Angst und reichte beiden die Hand. „Hallo, ich bin Michael. Aber das hat Nina ja schon gesagt.“ Er war nervös.

„Freut uns“, sagte mein Vater und schüttelte Michaels Hand etwas zu heftig.

Meine Mutter musterte ihn und ihr Blick heftete an seinen langen, blonden Haaren. Michael bemerkte dies und holte schnell ein Haargummi, um seine Haarpracht zu bändigen. Meine Eltern waren inzwischen damit beschäftigt, Essen und Getränke auszupacken und auf dem Tisch aufzubahren.

„Hast Du Teller und Tassen?“, fragte meine Mutter.

„Ich… ähh“, stammelte Michael.

„Kein Problem, Norbert pack das Geschirr aus“, delegierte meine Mutter weiter.

Im Handumdrehen hatten meine Eltern den kleinen Tisch im Bahnwärterhaus in eine Tafel mit Brötchen, Butter, Marmelade, Wurst, Käse und Obst verwandelt. Michael zog kurzerhand seine Truhe zum Tisch und wir beide nahmen dort Platz, während meine Eltern sich die Stühle sicherten.

„Norbert, der Kaffee“, sagte meine Mutter und zeigte auf den Korb.

„Ach ja“, meinte er und zog eine Thermoskanne und Pappbecher hervor.

Michael staunte nicht schlecht und fügte sich seinem Schicksal.

Nach dem reichhaltigen Frühstück half ich, die Sachen wieder im Picknickkorb zu verstauen.

„Was macht ihr beiden hier so im Bahnwärterhaus?“, wollte mein Vater wissen.

„Da Michael die ganze Nacht unterwegs ist, schläft er viel und ansonsten gehen wir im Wald spazieren. Michael weiß ziemlich viel über die Tiere und Pflanzen im Wald und natürlich über das Leben der Bahnwärterfamilie“, erklärte ich.

„Au ja, lasst uns doch ein bisschen im Wald spazieren gehen“, bat meine Mutter.

Ich war froh, aus der engen, wenn auch gemütlichen Hütte herauszukommen, und Michael ging es sicher genauso, denn er war der Erste an der frischen Luft. Voller Stolz führte ich meine Eltern durch den Wald in dessen Nähe ich aufgewachsen war, doch erst durch Michael hatte ich gelernt ihn mit offenen Augen zu sehen. Ich führte sie zu der Stelle, an der früher das alte Haus von Michaels Familie gestanden hatte.

„Ich kann Euch eine lustige Geschichte über die Bahn erzählen“, sagte mein Vater plötzlich.

Ich verdrehte die Augen, Michael grinste.

„Ender der Siebziger Jahre verübte ein Mann mehr als ein Dutzend Anschläge auf das Schienennetz der Deutschen

Bundesbahn in Baden-Württemberg, entlang der Rheintalstrecke zwischen Bruchsal und Freiburg. Er nannte sich selbst „Monsieur X“ und versuchte von der Bundesbahn 250.000 DM zu erpressen. Zweimal hat er sogar Güterzüge entgleisen lassen und es gab einige Verletzte. Wie sich später herausstellte, hatte der Täter vor der Ankunft eines Zuges in mühseliger Arbeit 138 Schrauben entfernt, um das Gleis verbiegen zu können. Trotz Bewachung des Bahnabschnitts gelang es Monsieur X, nachts Oberleitungen zu durchtrennen und Gleise zu lösen.“

„Papa, das ist überhaupt nicht lustig!“, rief ich empört.

„Doch, jetzt warte doch mal ab. Unser Dorfpfarrer ging gerne täglich im Wald spazieren. Weil er mehrfach von den Lokführern gesehen worden war, wurde er damals beschuldigt dieser Monsieur X zu sein und die Polizei stand plötzlich vor seiner Türe und wollte ihn abführen.“

Mein Vater brach in Gelächter aus und klopfte sich auf die Schenkel.

„Dein Vater hat Recht. Zum Glück wurde der richtige Attentäter 1977 gefasst und zu lebenslanger Haft verurteilt“, ergänzte Michael.

Mein Vater grinste zufrieden und klopfte Michael kameradschaftlich auf die Schulter.

Kurze Zeit später trennten sich unsere Wege und meine Eltern und ich gingen wieder nach Hause.

„Der Junge gefällt mir", sagte mein Vater.

„Und er ist gutaussehend und höflich", ergänzte meine Mutter und hakte sich bei ihrem Ehemann unter.

„Aber so kann das ja nicht weitergehen mit ihm. Seit Jahren allein in dem kleinen Bahnwärterhäuschen, ohne Heizung und jeglichen Komfort", bemerkte meine Mutter.

„Ja, ich habe auch schon mit ihm darüber gesprochen, dass er seine Mission anders erfüllen muss", erzählte ich.

„Inwiefern?", fragte mein Vater.

„Ich dachte da an eine Art Beratungsstelle. Damit sich Menschen die Hilfe brauchen an jemanden wenden könnten, bevor es ihnen so schlecht geht, dass sie keinen Ausweg mehr sehen, als auf die Gleise zu gehen", erklärte ich.

„Das ist eine gute Idee", antwortete meine Mutter.

„Ja, aber die Durchführung ist etwas schwieriger. Wo könnten wir so eine Stelle einrichten? Wir bräuchten einen Raum in der Nähe und vielleicht eine Förderung", überlegte ich laut.

„Vielleicht könntet ihr einmal in der Woche in den Gemeinderaum, oder ihr könntet eine Art Telefonseelsorge einrichten", meinte meine Mutter.

„Ich denke nicht, dass Michael so ein Telefontyp ist, ich denke eine persönliche Ansprache wäre schon sehr wichtig für ihn und die Menschen", gab ich zurück.

„Dir wird sicher was einfallen", sagte mein Vater zuversichtlich.

Als wir wieder zuhause ankamen, ging ich in mein Zimmer, um nachzudenken. Michael war mir sehr wichtig und ich wünschte mir ein besseres Leben für ihn. Er sollte sich nicht weiter als seinen Bruder ausgeben, sondern sein eigenes Leben führen dürfen. Auch wenn er den Wald als seine Heimat ansah, wollte ich versuchen, ihm dort rauszuhelfen.

Kapitel 16

Inzwischen hatten wir November und der Winter schickte erbarmungslos Regen und Wind zu uns und machte Michael das Leben im Bahnwärterhaus beschwerlich. Der Wind pfiff durch die Ritzen und bei anhaltendem Regen tropfte es vereinzelt auf Michaels Bett.

Ich kam bei der Hütte an und hörte, wie Michael im Innern nieste und hustete. Ich klopfte an und er bat mich hinein. Verschämt versteckte er das Taschentuch, in das er sich gerade geschnäuzt hatte, weg.

„Guten Morgen, wie geht es Dir?“, fragte ich ihn.

„Morgen, danke gut“, antwortete er mit kratziger Stimme.

„Ach ja, und wer hat da gerade gehustet und geniest?“, scherzte ich.

„Ist halb so schlimm“, winkte er ab.

„Bei diesem Wetter wirst du sicher nicht gesund werden, komm doch heute einfach mal mit zu mir nach Hause. Du wirst mal einen Tag ohne deinen Wald auskommen. Na, was meinst Du?“, schlug ich vor.

„Ich bin es gewohnt auch bei kalten Temperaturen in der Hütte zu wohnen, leider ist in diesem Winter seit längerer Zeit das Dach undicht und ich konnte es noch nicht zuverlässig flicken. In ein paar Tagen ist die Erkältung sicherlich vorbei", antwortete er.

„Oder es wird eine Lungenentzündung und du fällst dann mehrere Wochen aus, ist Dir das lieber?"

Er schüttelte den Kopf und seufzte. „Meinetwegen, aber nur einen Tag."

Ich hüpfte vor Freude um Michael herum, der ein paar Sachen zusammenpackte und den Mantel anzog. Es fing bereits heftig an zu regnen, als wir noch unterwegs waren. Michael zog mich an sich, um mich vor dem Regen zu schützen, was aber zwecklos war.

Durchnässt kamen wir zu Hause an. Unsere tropfnassen Jacken ließen wir im Flur liegen. Meine Eltern waren nicht zu Hause und wollten erst am Nachmittag wieder von einem Termin zurückkommen. Ich zog Michael hinter mir her ins Badezimmer. Neugierig schaute er sich auf dem Weg dorthin in unserer Wohnung um. Ich sah wie die Wärme seine Muskeln sofort etwas entspannten und er ein zufriedenes Lächeln aufsetzte.

„Komm rein und zieh die nassen Sachen aus", forderte ich ihn auf.

Ich ließ währenddessen warmes Wasser in unsere Badewanne ein und suchte die Flasche mit dem Badeöl. Ein paar

Spritzer aus dem Edeltannen-Erkältungsbad tauchten den Raum in den Duft des Waldes.

„Bitte schön, ich dachte das könnte Dir gefallen“, sagte ich und drehte das Wasser ab, als die Wanne fast voll war. Ich ging zur Tür. „Ich zieh mich jetzt auch erst einmal um, bade schön, ich mach uns was zum Essen.“

„Warte!“ Michael hielt mich am Handgelenk fest. „Nur wenn Du mit mir badest.“

Kichernd ließ ich mich ins Bad ziehen und verschloss die Türe von innen.

Nach dem Baden fühlten wir uns wie neu geboren. Ich hatte Michael einen dunkelblauen Jogginganzug und ein T-Shirt von meinem Vater herausgesucht, sowie ein paar warme, gestrickte Socken. Ich schickte ihn ins Wohnzimmer auf die Couch, während ich ein warmes Essen zubereitete. Nach kurzer Zeit hörte ich ein leises Schnarchen, Michael war eingeschlafen. Es musste sicher über fünf Jahre her sein, seit er auf so einem bequemen Möbelstück gelegen hatte. Die Erkältung tat ihr Übriges und er schlief bis meine Eltern zur Tür hereinkamen.

„Hallo, ihr seid ja schon zurück“, stelle ich fest.

„Hast du mal nach draußen gesehen, es regnet wie aus Eimern“, berichtete mein Vater.

„Ja, ich weiß, Michael und ich waren total durchnässt als wir hier ankamen“, erzählte ich.

„Er ist hier?“, fragte meine Mutter verwundert.

Ich zeigte auf das Sofa, auf dem sich Michael gerade streckte und sich aufrappelte.

„Ich hab gekocht“, teilte ich mit.

Alle setzen sich an den Tisch und ich stellte die dampfenden Töpfe und Geschirr auf den Tisch. Mein Vater stieß Michael in die Seite.

„Ich weiß nicht, was Du mit meiner Tochter gemacht hast, aber es gefällt mir.“

Auch ich setzte mich und nahm Michaels Hand, bis er hustete und sich dezent zur Seite beugte. „Michael ist erkältet, deshalb hab ihm angeboten, dass er mal einen Tag bei uns im Warmen verbringen kann“, erklärte ich.

„Sei unser Gast solange du möchtest“, bot meine Mutter lächelnd an.

„Danke sehr und auch vielen Dank für die trockenen Klamotten, Norbert“, wand Michael sich an meinen Vater.

Am späten Nachmittag ließ der Regen nach, aber ein heftiger Wind setzte ein und warf die Baumwipfel hin und her. Michael wurde immer unruhiger. „Ich sollte wirklich wieder zurück in meine Hütte gehen“, beteuerte er.

„Bei dem Wetter? Du glaubst doch nicht, dass irgendjemand bei diesem Sturm auf die Gleise geht“, sagte ich.

Meine Eltern zeigten Michael alle möglichen Fotoalben, auch die peinlichen und wir hatten großen Spaß. Trotzdem wurde er zunehmend unruhiger, umso später es wurde. Plötzlich stand er energisch vom Sofa auf.

„Vielen Dank für Eure Gastfreundschaft, ich muss jetzt leider wieder zurück."

„Bist du verrückt Junge, draußen geht die Welt unter, das wäre lebensmüde, jetzt in den Wald zu gehen", meinte mein Vater.

„Norbert hat Recht, Du bleibst schön bei uns, bis das Wetter besser wird, oder noch besser, bis Du deine Erkältung auskuriert hast", bestimmte meine Mutter.

Ich wusste, dass meine Mutter in diesem Fall keinen Widerspruch dulden würde und nickte Michael ermutigend zu. Er schaute aus dem Fenster, als gerade die Mülltonne unseres Nachbars an unserem Fenster vorbeiflog und in unserem Garten herumkullerte. Michael ergab sich in sein Schicksal und kam mit auf mein Zimmer.

Ich rechnete es Michael hoch an, dass er kein schlechtes Wort über meine Garagenwohnung verlor, vielleicht fühlte er sich hier auch erst richtig zuhause. Wir lagen eng umschlungen in meinem Bett und hörten dem wütenden Orkan vor unserer Haustür zu.

„Du hast wirklich eine tolle Familie", sagte Michael.

Ich stimmte ihm zu.

„Mir war gar nicht klar, wie sehr ich das vermisste habe", fügte er zu. Seine Augenlieder flatterten und er schlief ein. Noch eine Weile lauschte ich seinem ruhigen Atem, bis ich ebenfalls einschlief.

Am frühen Morgen hatte sich der Sturm beruhigt und wir liefen durch das Dorf zurück zum Bahnwärterhaus. Auf dem Weg dorthin mussten wir über zahlreiche Äste steigen, die der Wind heruntergezerrt hatte. Vereinzelt lagen Ziegel auf den Gehwegen, die von abgedeckten Dächern heruntergefallen waren. Einer steckte sogar in einer Kühlerhaube eines Autos und hatte dort ein regelrechtes Loch hineingerissen. Auf den Bahngleisen entdeckten wir einige kleine Bäume und große Äste, die ein Fahren der Bahn unmöglich machten.

Ich hatte ein ungutes Gefühl als wir uns dem Bahnwärterhaus näherten. Schon von weitem sahen wir, dass ein großer Baum entwurzelt worden war und genau Michaels Hütte getroffen hatte. Schnellen Schrittes rannten wir dorthin. Unter dem dicken Stamm lagen zertrümmerte Holzlatten, die einmal das Bahnwärterhaus gewesen waren, sowie die wenigen Möbel von Michael.

Völlig geschockt ging Michael vor dem Holzhaufen auf die Knie. Ich wollte mir nicht ausmalen, was geschehen wäre, wenn Michael in dieser Nacht im Wald unterwegs gewesen, oder gar in seiner Hütte geblieben wäre. Alles wurde still, die Waldtiere trauerten mit uns und schienen innezuhalten. Auch ich wagte kaum zu atmen. Ich legte eine Hand auf Michaels Schulter. Es musste schrecklich für ihn sein, sein Heim, in dem er die letzten fünf Jahre gelebt hatte zu verlieren.

Er schob das zersplitterte Holz, soweit es der umgestürzte Baum erlaubte, zur Seite.

Erleichterung machte sich in mir breit, als er wenigstens seine Truhe unversehrt fand.

Er fischte eine Tasche aus dem Chaos, in der er seine Kleidung, Fotos, die Kalenderbücher und die Dose mit den getrockneten Blüten verstaute.

Wir hatten kein Wort gesprochen, mir fiel auch nichts Passendes ein, was Michael in diesem Moment geholfen hätte. Als er mit dem Zusammenpacken fertig war, verabschiedete er sich wortlos von seiner Hütte, nahm meine Hand und wir gingen wieder zurück zu meiner Wohnung.

Kapitel 17

Kraftlos ließ sich Michael kurz darauf auf mein Bett sinken. Ich hatte uns beiden erst einmal einen Kaffee gemacht und meinen Eltern in Kurzform von dem Unglück berichtet. Ich brachte die vollen Tassen auf einem Tablet herein und stellte sie auf dem Tisch vor dem Bett ab. Noch immer schwieg Michael und konnte seinen Schmerz nicht in Worte fassen. Ich setzte mich neben ihn.

„Es tut mir so leid, was passiert ist. Du sollst wissen, dass Du bei uns bleiben kannst und dass ich dir zur Seite stehen werde, egal was noch geschieht." Ich zog ihn zu mir und nahm in die Arme.

Endlich brachen Tränen seine Dämme und er ließ sich in meine Arme fallen.

Lange saßen wir so da, hielten uns fest und hörten in den anderen hinein. Michael hatte heute neben seinem Zuhause auch seine Aufgabe verloren. Die Gleise waren im Moment nicht befahrbar, weil der Sturm zu viele Schäden angerichtet hatte. Das war ein Schock, aber vielleicht auch eine Erleichterung, ein Neuanfang? Die Frage war, ob er dazu bereit war. War ich es denn?

Während Michael zusammengekauert in meinem Bett lag und sich die Decke über den Kopf gezogen hatte, tat ich das, was ich am besten konnte – recherchieren.

Stundenlang saß ich am Computer und durchforstete das Internet. Hier im Umkreis gab es tatsächlich keine Gruppe, die Menschen in Krisen unterstützte. Ich schrieb verschiedene Institutionen im Umkreis an und bat um Unterstützung für unser Projekt. Zudem suchte ich nach Räumlichkeiten in unserem Dorf und kontaktierte auch hier die Verantwortlichen und hoffte auf eine positive Nachricht.Dann wandte ich mich unserem zweiten Problem zu. Damit Michaels Seele heilen konnte, musste ich seine Eltern dazu bringen, wieder mit ihm zu reden. Inzwischen wusste ich ein bisschen, wie diese Familie fühlte und dachte. Ich schrieb einen langen Brief, in dem ich Michaels bisheriges Leben schilderte. Nun ärgerte ich mich, dass ich die Innen - und Außenaufnahmen vom Bahnwärterhaus von meinem Handy gelöscht hatte. Denn Bilder würden sicher mehr sagen als nur Worte. Aber Moment, vielleicht hatte ich Glück und die Bilder waren direkt auf meinem Computer in der Cloud gespeichert worden. Bingo. Ich druckte sie aus und steckte alles zusammen in einen Briefumschlag. Den Brief sollte mein Vater zur Post bringen, damit Michael meinen Versöhnungsversuch nicht mitbekam. Ich eilte nach unten zu meinen Eltern.

Als ich wieder nach oben kam, lag Michael nicht mehr im Bett. Ich ging ihn suchen. Im Badezimmer hörte ich Schritte. Ich klopfte an und ging hinein. Michael stand vor dem Spiegel in der einen Hand eine große Schere, in der anderen eine seiner langen blonden Haarsträhnen.

„Nein!“, schrie ich.

Michael zuckte zusammen, machte einen Schnitt und die Haarsträhne viel zu Boden.

Voller Panik entriss ich ihm die Schere. „Was tust Du da?“

„Ich schneide meine Haare ab“, erklärte er ruhig.

„Nein, mach das nicht, warum willst Du das tun?“

„Weil ich nicht mehr der bin, der ich gestern noch war.“

„Das kann ich ja verstehen, aber bitte überlege es dir ein paar Tage, bevor du Dir die Haare abschneidest, nur um sicher zu gehen, dass das keine Kurzschlusshandlung ist“, forderte ich.

Michael überlegte einen Moment und stimmte mir schließlich zu. Er ging zurück in mein Zimmer und ich folgte ihm, nachdem ich die Schere weggeschlossen hatte.

„Du denkst sicher, dass ich irre bin, dass ich meine Hütte vermisse. Aber wenn man die letzten fünf Jahre nichts getan hat, außer auf die Gleise zu starren … Ich weiß ja auch nicht,… sollte ich nicht froh sein, dass sich niemand mehr vor den Zug werfen kann?“

Ich wusste nicht so recht, ob Michael nur Selbstgespräche führte oder ob er eine Antwort von mir erwartete.

„Was für einen Wert habe ich denn, wenn ich nicht mehr der Bahnwärter bin?“, fragte er verzweifelt.

Ich nahm sein Gesicht zwischen meine Hände und schaute ihm tief in die Augen.

„Du bist genauso wertvoll wie vorher. Du kannst den Menschen immer noch helfen, nur eben auf eine andere Weise. Du wirst sehen, alles wird gut.“

Ich half Michael seine Kleidung in der Waschküche zu reinigen, damit er nicht dauernd im Jogginganzug meines Vaters herumlaufen musste.

Die Wochen vergingen, ich hatte einige Vorstellungsgespräche, fand aber nicht den richtigen Job für mich. Michael verbrachte seine meiste Zeit damit, in meinem Zimmer zu sitzen, meine Bücher zu lesen und aus dem Fenster zu schauen. Bis mein Vater ihn um Mithilfe im Garten bat und zum Schneeschippen einteilte.

Immer wieder sprach ich ihn auf die Idee mit der Selbsthilfegruppe an und wir waren uns einig, dass Michael sich weiterhin in dieser Richtung engagieren wollte.

Die Bahnarbeiter waren immer noch dabei, die zerstörten Oberleitungen an den Bahngleisen zu reparieren, berichtete mir Michael nachdem er abends im Wald spazieren gewesen war.

Er suchte immer noch nach seiner Daseinsberechtigung, die er seiner Meinung nach verloren hatte, seit er nicht mehr den Dienst des Bahnwärters tun konnte. Ich wusste langsam nicht mehr, wie ich mit ihm umgehen sollte, bis ich eine E-Mail erhielt.

Ich rannte zu Michael ins Wohnzimmer und zeigte ihm die ausgedruckte E-Mail.

„Hey, schau mal, was ich bekommen habe!“

„Hiermit teilen wir Ihnen mit, dass wir ihr vorgeschlagenes Projekt „Der Bahnwärter - Krisenmanagement im Dorf“ - sechs Monate unterstützen werden“, las ich laut vor.

Michael nahm mir den Zettel aus der Hand und las selbst nach.

„Jetzt müssen wir nur noch einen Raum finden“, rief ich voller Begeisterung.

„Nur sechs Monate?“, fragte Michael enttäuscht.

„Wenn es gut angenommen wird, bestimmt auch noch länger“, war ich mir sicher.

Meine Eltern kamen zu uns und freuten sich über die gute Botschaft.

„Wir haben auch gute Nachrichten“, berichtete mein Vater lächelnd und wir setzten uns alle zusammen aufs Sofa. Ich war so gespannt, dass ich anfing an den Fingernägeln zu kauen.

„Dein Vater hat zufällig den Friedhofsgärtner getroffen, der meinte die Gemeinde sucht dringend einen Forstarbeiter, weil der vorherige in Rente gegangen ist. Wir haben ihm von Michael vorgeschwärmt und sein umfangreiches Wissen über die Pflanzen und Tiere in unserem Wald erwähnt", erklärte meine Mutter.

„Er könnte sofort anfangen und die Wohnung des alten Forstarbeiters ist auch ganz in der Nähe des Waldes und ist bezugsfertig", endete mein Vater.

Ich schaute zu Michael, der einen Moment lang die Luft angehalten hatte. „Das ist ja unglaublich toll!", rief ich, sprang auf und drückte erst Mama und dann Papa.

Michael tat es mir gleich und küsste mich anschließend stürmisch auf den Mund.

„Die Garage der Wohnung kann man vielleicht sogar zu einem Gruppenraum umbauen, das müsst ihr aber mit der Gemeinde klären", fügte mein Vater zu.

Wieder küsste ich Michael und drückte ihn so fest, dass er unter dem Druck leise stöhnte.

„Ich lade Euch heute alle zum Essen ein!", rief ich, holte das Telefon und bestellte eine riesige Familienpizza für uns.

Meine Mutter drückte Michael eine Visitenkarte in die Hand. „Anrufen musst Du aber schon selbst. Es ist deine Entscheidung, wie du dein Leben führen willst."

„Vielen Dank, Thea und Norbert, natürlich will ich das", antwortete er und verschwand mit der Karte und dem Telefon in meinem Zimmer.

Mir fiel ein kiloschwerer Stein vom Herzen. Michael würde seinen Wald immer in der Nähe haben und sich endlich den Traum erfüllen, dort zu arbeiten. Auch wenn er das ohne seinen Zwillingsbruder tun musste.

Mir fielen die Worte der Messnerin in der Kirche wieder ein, die mir die Geschichte von den Erzengeln erzählt hatte, dass Michael und Gabriel oft als Erzengelpaar dargestellt waren und verstand nun endlich, warum Michaels Eltern diese Namen für ihre Söhne ausgewählt hatten.

Kapitel 18

Michael gefiel die Wohnung, besonders der Ausblick auf den angrenzenden Wald. Sie war groß genug für uns beide und ich zog deshalb gleich mit ein.

Während Michael in seinem neuen Job total aufging, kümmerte ich mich um die Erstellung von Flyern und einer Homepage für unser zukünftiges Projekt. Es war uns beiden wichtig, uns so schnell wie möglich wieder um die Menschen kümmern zu können.

Es war inzwischen Ende November und meine ganze Familie war froh, dass Michael nicht einen weiteren kalten Winter in seiner Hütte leben musste. Auch ich freute mich über mehr Platz und ein bisschen Privatsphäre. Meine Eltern schenkten uns altes Geschirr und Töpfe, sowie etliche Kissen, Handtücher und Bettwäsche, die bis jetzt in unserem Keller gelagert hatten.

Michael hatte sich sein Haar nicht abgeschnitten, sondern trug während der Arbeit im Wald einen Zopf, oder verbarg es unter einer Mütze. Zu den Schienen ging er auch wieder regelmäßig, aber nicht um die Nacht dort zu verbringen, sondern um an geeigneten Stellen unsere Flugblätter mit den Hinweisen auf unsere Gruppe aufzuhängen. Die ersten Anfragen kamen über unsere Homepage bereits an.

Wider Erwarten übergaben mir meine Eltern kurz darauf einen Brief von Michaels Familie, in dem sie einem Treffen zustimmten. Wie sollte ich das Michael nun erklären? Würde er sich freuen oder wieder das Vertrauen in mich verlieren?

Michael und ich gingen im Wald spazieren und schauten uns zusammen die Stelle an, an der der große Baum das Bahnwärterhaus zertrümmert hatte. Etwas wehmütig schob Michael mit dem Fuß die durchnässten Holzreste zur Seite, fand aber nichts Brauchbares mehr darunter. Ich hatte das Gefühl, dass er dem Leben im Bahnwärterhaus nicht mehr so sehr nachweinte. Wir liefen zurück und ich nutzte die entspannte Atmosphäre, um Michael anzusprechen.

„Michael, in ein paar Tagen ist der 29. November, der Todestag deines Bruders."

„Ich weiß, und?"

„Ich würde so gerne mit Dir an diesem Tag zu Gabriels Grab gehen, vielleicht würde es Dir helfen deinen Frieden damit zu schließen."

Michael drehte sich zu mir. „Ich weiß nicht, ob ich das schaffe."

Ich zog ihn an mich und drückte ihn. „Natürlich schaffst Du das. Du hast in den letzten Monaten dein komplettes Leben umgekrempelt, dann ist das doch nur noch ein „Waldspaziergang“, oder? Außerdem bin ich doch bei Dir“, machte ich ihm Mut und küsste ihn auf die Wange.

„Na, wenn das so ist, einverstanden“, willigte er schmunzelnd ein.

Wie besprochen fuhren Michael und ich am Todestag seines Bruders zu dessen Grab. Es schneite als wir die Wege auf dem Friedhof entlang gingen. Ich hatte eine Christrose im Topf besorgt und wollte sie Gabriel aufs Grab stellen.

Dick eingepackt mit Schal und Mütze und warmen Jacken suchten wir zusammen die Ruhestätte. Ich bemerkte, dass ich nicht mehr genau wusste, wo sie war, weil ich bei meinem letzten Besuch hier in einer Art Schockzustand gewesen sein musste. Aber an den Engel erinnerte ich mich, den könnte ich niemals vergessen. Bald kam er in Sichtweite und ich wusste, dass wir hier richtig waren.

An Michaels Gesicht konnte ich ablesen, dass er noch nie zuvor an dem Grab seines Bruders gewesen war. Sicherlich fand er es verstörend, dass ihn sein eigenes Gesicht vom Grabstein anblickte. Der große Marmorengel tat sein Übriges und jagte mir auch jetzt noch einen Schauer über den Rücken.

Ich bückte mich und stellte die Christrose auf den Sockel des Engels.

Michael schien nachdenklich und kaute auf seiner Unterlippe.

„Über was denkst du gerade nach?", fragte ich ihn.

„Ich überlege mir, was Gabriel wohl zu meinem Leben sagen würde. Glaubst Du, ihm würde es gefallen, dass ich nun eine Art Förster bin, so wie wir beide es als Kinder immer gewollt haben?"

„Ganz bestimmt", antwortete ich.

„Aber dass ich fünf Jahre in einer Holzhütte im Wald gelebt habe, um zu verhindern, dass sich jemand vor den Zug wirft, würde er sicher nicht verstehen. Er würde mich für übergeschnappt halten."

„Vermutlich, oder er wäre verdammt stolz auf dich", gab ich lächelnd zurück.

„Michael?", hörten wir eine helle Frauenstimme hinter uns und drehten uns erschrocken um.

Michael erstarrte, als seine Eltern plötzlich vor ihm standen. Beide trugen lange Mäntel und Winterstiefel. Keiner von uns bekam einen Ton heraus und wir standen einen Moment hilflos herum. Michael schaute mich verwirrt an. „Wusstest Du das …?" Ich nickte.

Gesa Feldmann kam langsam näher zu uns, ihr Mann Karl blieb stehen und steckte die Hände in die Taschen.

Michael ging auf seine Mutter zu, die ihn daraufhin überraschend in die Arme schloss. Auch er erwiderte die Umarmung und beide schluchzten vor Rührung. Gesa löste sich sanft aus Michaels Armen und nahm sein Gesicht zwischen ihre Hände.

„Du bist ja so erwachsen geworden, mein Junge. … es tut uns leid“, flüsterte sie und küsste Michael auf die Stirn. Nun kam auch sein Vater näher und reichte Michael die Hand: „Mein Sohn“, sagte er und verzog sein Gesicht zu einem Lächeln.

Mir fiel eine Last vom Herzen und eine Träne kullerte aus meinem Augenwinkel. Ich griff in meine Tasche und reichte Michaels Mutter ein Taschentuch, bevor ich selbst eines nahm.

Wir gingen mit Michaels Eltern in ein kleines Café in der Nähe und setzten uns in eine ruhige Ecke. Die Mäntel zogen wir aus und Michael setzte seine Mütze ab. Sein blondes Haar ergoss sich wie flüssiges Gold über seine Schultern, was seine Mutter zum Staunen brachte und sie dazu veranlasste, über seinen Kopf zu streicheln. Wir bestellten warme Getränke, um uns etwas aufzuwärmen.

„Michael, wenn Deine Freundin Nina uns nicht diesen Brief geschrieben hätte, würden wir immer noch nicht ahnen, wie Du die letzten fünf Jahre gelebt hast. Die Fotos von dem kleinen Häuschen von Großvater…", Gesa stockte und kämpfte mit den Tränen. Karl streichelte ihren Rücken und sprach weiter.

„Uns hat der Verlust deines Bruders so sehr mitgenommen, dass wir es nicht ertrugen im Dorf zu bleiben. Wir haben aus den Augen verloren, das nicht nur wir einen Sohn, sondern du Deinen Zwillingsbruder verloren hattest. Es war nicht fair, dich dafür verantwortlich zu machen," stellte er fest.

„Das bedeutet mir sehr viel, dass ihr das so seht. Wir hatten es alle nicht leicht nach Gabriels Tod", sagte Michael.

Die Bedienung brachte die Getränke und stellte sie vor uns auf dem Tisch ab und alle nahmen einen großen Schluck. Michael wandte sich nun an mich. Würde ich doch noch eine Standpauke bekommen, weil ich ihm nichts von dem Brief erzählt hatte?

„Tut mir leid, dass ich es Dir vorher nicht gesagt habe, ich dachte ich müsste dich einfach zu deinem Glück zwingen", griff ich entschuldigend vor.

„Ist schon gut. Du hattest Recht, diesmal war es notwendig mich zu meinem Glück zu zwingen. Ich danke Dir für deine Hartnäckigkeit", gab er zurück.

„Ja, wir müssen uns auch dafür bedanken. Schließlich haben wir dich äußerst grob aus unserem Haus geworfen, als Du damals bei uns warst", bemerkte Karl.

Michael gab mir einen Kuss auf die Wange. „Ja, das ist typisch für Nina, so hartnäckig wie eine Kakerlake."

„Wie bitte?" Ich boxte ihn unsanft in die Seite und er stöhnte auf.

Michaels Eltern stimmten in unser Gelächter mit ein.

Kapitel 19

Kurz vor Weihnachten war es dann so weit. Michael stand auf der Leiter vor unserer umgebauten Garage und ich delegierte ihn nach rechts oder links, während er ein großes Schild mit dem Schriftzug „Projekt Bahnwärter“ über dem Eingang anbrachte.

Nach verrichteter Arbeit kletterte er herunter und stellte sich neben mich, um sein Werk zu betrachten. Nicht ohne Stolz bewunderten wir das handgemalte Schild, an dessen Rand der Erzengel Gabriel abgebildet war. Die Gemeinde hatte uns tatsächlich die Erlaubnis gegeben, die Garage zu einem gemütlichen Raum für unsere Treffen mit Menschen in Not umzugestalten.

Ein dicker, kuscheliger Teppich, Gardinen und warme Farben an den Wänden zauberten eine angenehme Atmosphäre. Wohlriechende Pflanzen und ein paar gemütliche Sessel luden zum Verweilen ein. Ich hatte das Malen für mich entdeckt und für unseren Wohlfühlort ein großes Gemälde einer blauen Kornblume gemalt und aufgehängt.

Natürlich waren wir nicht nur für Notfälle da, wenn Menschen keinen Ausweg mehr sahen, sondern wollten schon vorher eine Ansprechstelle für alle sein.

Personen allen Alters besuchten uns und wir hörten zu. Manchmal redeten auch wir und sie hörten zu, weil sie sich einfach nur einsam fühlten. Michael hatte ein gutes Händchen darin, zwei oder mehrere Menschen zusammen zu führen, die sich mehr Kontakt und Ansprache wünschten.

Eine alte Dame, die aufgrund eines Hüftleidens nicht mehr mit ihrem Hund Gassi gehen konnte, wurde von einem Rentner unterstützt, dessen Frau vor kurzem verstorben war. Im Dorf munkelte man, dass sich daraus später mehr ergab.

Kranke Menschen fanden Gleichgesinnte, die ihnen Mut machen konnten und beistanden.

Kinder, die sich alleine fühlten, fanden Freunde, Spielkameraden und eine Schulter zum Anlehnen.

Michael vermittelte auch Hilfsangebote an bedürftige oder obdachlose Menschen.

Keine Ahnung ob wir damit die Welt retteten, aber wir machten sie zumindest ein bisschen besser.

An Weihnachten schaffte ich es sogar beide Familien zusammenzutrommeln. Michaels und meine Eltern kamen zu uns in die Wohnung. Zugegeben war das etwas eng, Michael sagte dazu „kuschelig“, aber wir wollten dieses Weihnachten einfach gerne in unserer gemeinsamen Wohnung feiern.

Unsere Eltern verstanden sich recht gut und erkannten, dass sie sich ähnlicher waren als zuvor angenommen. Norbert und Karl liebten es beide im Garten zu arbeiten und fachsimpelten über Tipps für den besten Komposthaufen. Thea und Gesa liebten beide Krimis und tauschten sofort einige Bücher aus.

Während Michael und ich schon auf dem Sofa vor uns hindösten, tranken unsere Eltern Bruderschaft.

Nach Mitternacht verabschiedeten wir uns ins Schlafzimmer. Meine Eltern nahmen Gesa und Karl mit zu sich nach Hause. Sie hatten beschlossen, dass beide in meinem alten Jugendzimmer übernachten sollten, um am nächsten Morgen noch mit ihnen zu frühstücken.

„Das wird sicher kuschelig für die beiden“, lachte Michael und zog mich hinter sich her ins Bett.

Nach dem Frühstück am nächsten Tag waren wir uns sicher, dass wir bald wieder zu einem Familientreffen zusammenkommen würden.

Als wir uns von Michaels Eltern verabschiedeten, überreichte ich ihnen eine kleine Schachtel mit einer roten Schleife. Überrascht nahmen sie diese an, zogen die Schleife auf und öffneten vorsichtig die Verpackung. Ihre Augen wurden groß als sie erkannten was darin lag. Es war ein Bilderrahmen aus Holz den Michael geschnitzt hatte, darin das Foto, das er jahrelang in seiner Hütte versteckt hatte.

Im Garten der Eltern, strahlend blauer Himmel, Michael stand neben Gabriel, Schulter an Schulter, lachend schauten beide in die Kamera. Michaels Eltern freuten sich über diese Geste.

„Das ist sehr schön, vielen Dank ihr beiden", sagte Gesa ergriffen.

„Nina sagte, Ihr habt keine Bilder von Gabriel und mir in eurem Haus stehen. Da dachten wir, fangen wir doch mit diesem Foto an", erklärte Michael.

„Ja und es werden noch viele weitere folgen", sagte mein Vater. Er bat Michael und mich, uns neben Gesa und Karl zu stellen und machte von uns ein Foto mit seinem Handy.

Das Jahr ging zu Ende und Michael und ich blickten in eine hoffnungsvolle und gemeinsame Zukunft. Er liebte seine Arbeit im Wald und ich machte einige Kurse in sozialer Beratung, um den Menschen noch besser helfen zu können. Auch wenn wir jetzt eine Wohnung hatten, gingen wir immer wieder gerne in den Wald zurück. Schauten uns den Sonnenaufgang und den Sonnenuntergang an, pflückten Pfefferminz und Wildblumen, beobachteten Rehe und Eichhörnchen und lauschten der Sprache des Waldes. Denn der Wald blieb immer Michaels Zuhause.

Großvater Emil Neudörfer (rechts) bei der Arbeit beim Bahnwärterhaus.

Das Wohnhaus der Bahnwärterfamilie Neudörfer im Niederbühler Wald

Der Brunnen vor dem Haus, aus dem das Wasser jeden Tag gepumpt werden musste, da es im Haus kein fließendes Wasser gab.

Vielen Dank an Inge, Alfred und Günter Neudörfer, die dieses Buch mit ihren Erinnerungen an das Bahnwärterleben erst lebendig gemacht haben.

Weitere Bücher von Claudia Neudörfer:

Mehr Infos über die Autorin

https://www.mehralsbuecher.de/

ISBN 978-3-8190-6989-5
9 783819 069895
www.epubli.com